JN048457

紫式部と清少納言が語る平安女子のくらし

鳥居本幸代

春秋社

平安時代の色目

「ファッションセンスを磨く」

(64 ページ参照)

縹

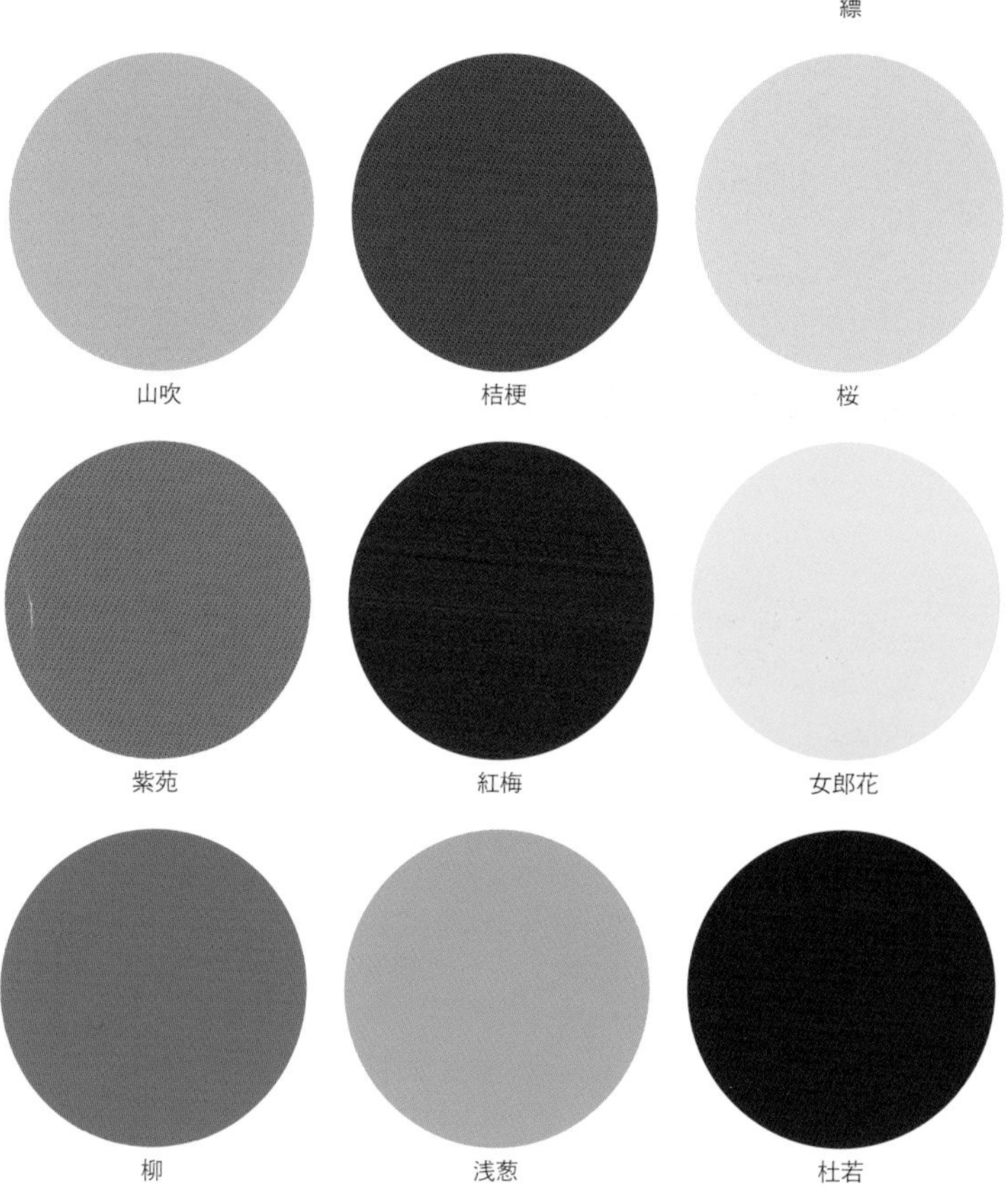

山吹　桔梗　桜

紫苑　紅梅　女郎花

柳　浅葱　杜若

はしがき

平安時代、上級貴族の子供として誕生した女子の多くは、本人の意志とは無関係に「后がね」となることが望まれ、一門の期待がよせられました。

しかし、このような親の夢が叶うことの確率は低く、さらに当時は一夫多妻制で、結婚しても正妻の地位を得られるかどうかは不確かであることが多かったため、職業を持つことに生き甲斐をみいだした女性も存在しました。

その最たるものは、円融天皇に掌侍として仕えた高階貴子（高内侍）で、結婚よりもキャリアウーマンの道を選択しました。貴子は男性を凌ぐほどの漢籍の才名高く、宮廷の詩宴にも招かれるほどであったと伝えられ、輝かしいキャリアを誇っていたようです。

のちに、父親の薦めによって藤原道隆と結婚し、正妻ではありませんでしたが、貴子が出産した伊周は内大臣に、定子は一条天皇の中宮となり、中関白家の隆盛をもたらしました。伊周は「属文の卿相」として漢籍の才能が認められ、一条天皇に漢籍を進講するほどでした。定子も『枕草子』に記されている通りで、貴子の漢才は子女に継承され、修練して築きあげたキャリアが朽ちることはありませんでした。

さて、紫式部（九七三?〜一〇三一?年）も清少納言（生没年不明）も、素晴らしいキャリアをもっていましたが、紫式部の父藤原為時は歌人、漢詩人として有名で、清少納言の父清原元輔も「梨壺の五人」の一人で、代々続く歌人の家系に生まれました。このような恵まれた環境のもと、二人とも和歌をはじめ、漢籍も幼い頃から習得していたようです。

紫式部は夫藤原宣孝（のぶたか）と死別後、清少納言は最初の夫　橘　則光（たちばなののりみつ）と離婚後、私的な女房として紫式部は彰子（しょうし）に、清少納言は定子に仕えました。ともに、その才能を認められての宮仕えだったといわれています。才能ある二人の出仕は、全盛期を迎えた藤原摂関政治の宮廷文化サロンを活気づかせ、彼女たちの天賦の才は、この宮廷サロンで開花しました。同時代の二人の女性が千年の時を経ても愛読される著作を残したことは、たいへん、価値のあることだといえます。

本書では、私が体感、体験してきたことも踏まえて、長年あたためてきたテーマでもある、紫式部と清少納言が捉えた平安女子のライフサイクル、そして生ざまを解き明かしたいと思います。

紫式部と
清少納言が語る
平安女子のくらし……もくじ

はしがき

I 幼き日々

II 見目麗しい姫君となる

III 素敵な女君となるために研鑽を積む

IV 夢見る結婚

Ⅴ 天皇の后となる

Ⅵ 日々の暮らしの楽しみ

Ⅸ 平安女子の終活

紫式部と
清少納言が語る
平安女子のくらし

I
幼き日々

❖上級貴族が喜ぶ女子の誕生

「一姫、二太郎」という諺がありますが、ご存じでしょうか。子供を授かるとき、第一子は女児（姫）、つぎに男児（太郎）が生まれるのが理想的だという意味です。

古来、女児は男児よりも夜泣きが少なく、病気にかかりにくいといわれ、育児に不慣れな新米ママには助かることが多いということに由来しているようです。

さて、「一姫、二太郎」が良いと考えられたのは千年以上前の摂関政治の時代からのようで、藤原氏など上級貴族の願望でもありました。

たとえば、永延二年（九八八）、のちに紫式部が仕えた彰子（のちの一条天皇中宮。九八八～一〇七四年）は藤原道長と正妻源倫子の第一子として誕生しました。『栄花物語』「さまざまのよろこび」の巻には、両親をはじめ祖父の兼家が大喜びする様子を、

「倫子は安産で、麗しい姫君を出産した……この一家にとっては初めての姫君誕生であった。将来は必ず『后がね（天皇の后となる予定の人）』になるべき姫君と思われ、嬉しいかぎりである。大殿兼家も喜びを隠せないようである」

と、待ちに待った女児誕生であったと記しています。四年後には、第二子で長男の頼通（九九二～一〇七四年）が生まれ、「一姫、二太郎」が実現しました。

彰子の誕生がこれほど喜ばれたわけは、将来、天皇の后となり、道長自身も摂政や関白の要職に就く夢を叶える第一歩となると考えられたからでした。

事実、彰子は一条天皇の後宮に入内（じゅだい）して天皇の皇子（みこ）を二人も出産し、道長は外祖父となって政治の実権を握る夢が叶いました。まさに、一門の繁栄は、女児の誕生にかかっていたといっても過言ではないでしょう。

しかし、道長の夢が現実のものとなるまでには、かなりの難関が待ち受けていました。というのは、彼の兄弟たちには彰子誕生までに、五人もの女児が生まれていました。長兄道隆には長女定子（ていし）（のちの一条天皇中宮。九七七〜一〇〇一年）をはじめとして四人、次兄道兼にも一女がいました。

道隆も道兼も娘を天皇の后とすべく思索を巡らせていたのですから、一族の中に大勢のライバルが存在していたということです。

彰子が生まれた後も、道長は倫子所生の妍子（けんし）、威子（いし）、嬉子（きし）、側妻の源明子（めいし）所生の寛子（かんし）、尊子（そんし）と六人もの女児に恵まれました。六人の女子のうち倫子が生んだ三人は、みな天皇の后になることができました。

しかし、なかなか女児誕生に恵まれなかった場合、貴族たちは神仏に「女子出生」を祈願しました。

たとえば、頼通と正妻隆姫（たかひめ）（村上天皇の孫）には子供がなく、藤原実資（さねすけ）（九五七〜一〇四六年）

の日記『小右記』によると、頼通は長和五年（一〇一六）六月二三日には三井寺（現滋賀県大津市）に参詣し、隆姫は寛仁元年（一〇一七）一〇月八日に長谷寺（現奈良県桜井市）に詣でて女児を授かるようにと祈りを捧げたと記されています。

三井寺も長谷寺も現世利益の仏である観世音菩薩を本尊としていることから、篤い信仰を集めていました。しかし、涙ぐましい努力にもかかわらず、隆姫に懐妊の兆しはなく、生涯、子宝に恵まれませんでした。すると、道長は頼通に禔子内親王（三条天皇の皇女）降嫁の話を勧めようとするのでした。『栄花物語』「たまのむらぎく」の巻に、

「道長は『男子たるもの妻が一人だけでよいものか。お前は馬鹿正直者だ。いずれにせよ内親王を迎えるのは子をもうけるためと思えばよい。この内親王は、きっと子供を産んでくださるだろう』と叱責した」

と記され、隆姫を悲しませたくない頼通の目に涙が浮かんだそうです。この結婚は成立しませんでしたが、政略結婚としかいいようのないものでした。

さて、第一子に女児を授かると、その次には男児出生が望まれるわけですが、彰子や頼通の弟にあたる教通（九九六～一〇七五年）の妻（藤原公任の娘）は、第一子生子（のちの後朱雀天皇の女御。一〇一四～一〇六八年）に続いて第二子も女児（真子）を出産しました。すると、第二子が期待していた男児ではなかったため、夫から冷たくあしらわれたそうです。産後間もない産婦にとって、なんと配慮のない振る舞いでしょうか。

道隆・道兼・道長兄弟の娘たち

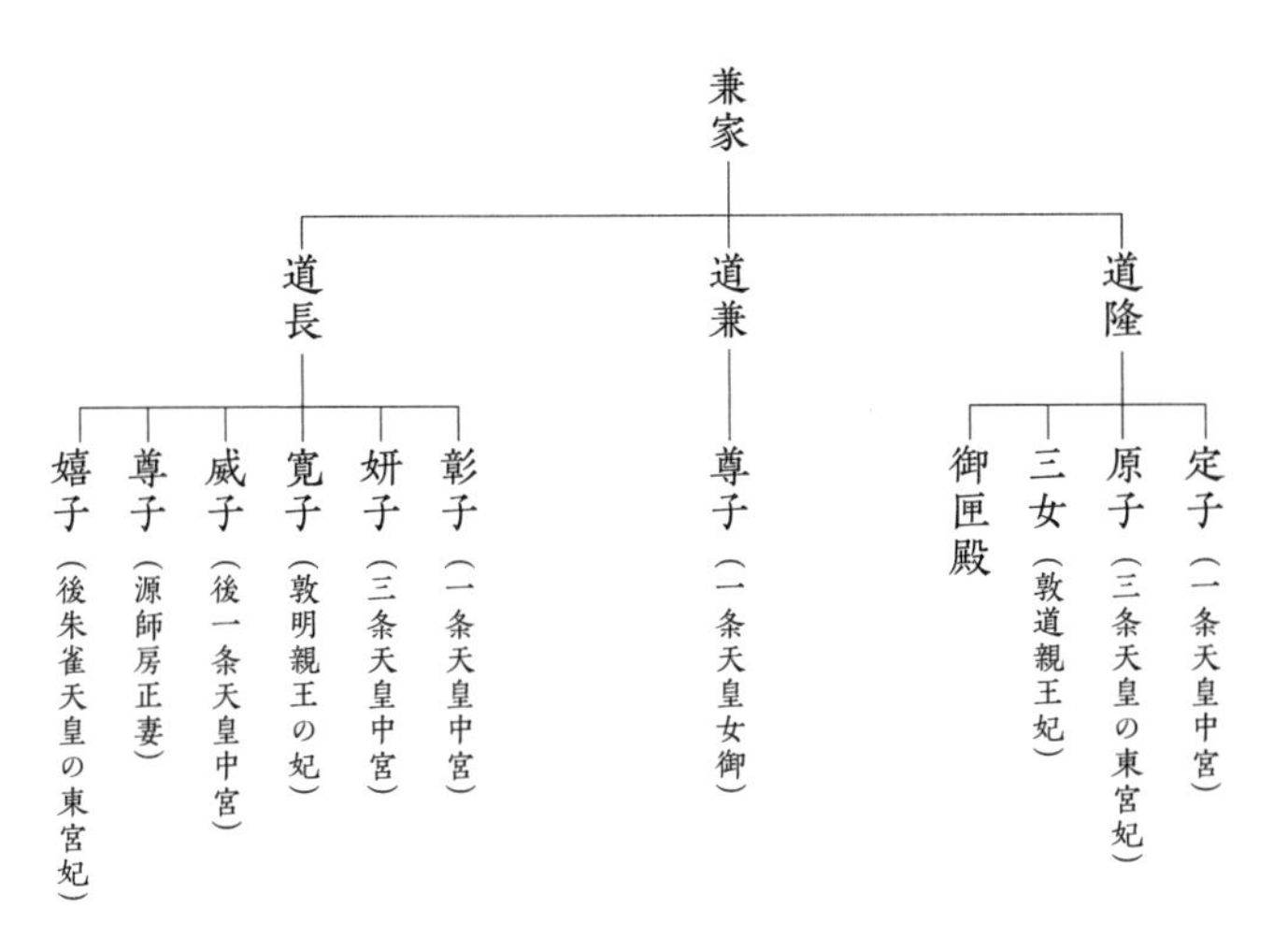

一方、天皇をはじめ皇族においては、皇統を継承するために女児よりも男児の誕生が喜ばれました。彰子は二人の親王を出産しますが、妹の妍子（三条天皇中宮。九九四～一〇二七年）は禎子内親王（のちの後朱雀天皇中宮。一〇一三～一〇九四年）一人しか出産することができませんでした。『栄花物語』「つぼみ花」の巻によれば、

「道長は女児だとわかると『一家にとって初めての御産ならばともかく、またそのうちに男児が生まれることもあるだろう』と思った」

とあり、男児ではなかったことで、道長はたいそう不機嫌であったと伝えられています。

また、臣下においても、男児の誕生

を切望する場合もありました。『枕草子』「すさまじきもの」の段に、「興ざめなもの……博士（学者）が、続けて女の子ばかりを産ませたこと」とあり、代々続く学者の家では家系が途絶えないように男児が望まれたのでした。

このように、男女の生み分けが求められたのですから、当時の女性の精神的プレッシャーは計り知れないものがありますね。

❖乳母に育てられる

平安時代、貴族の家に生まれた子供は乳母（めのと）によって育てられ、母親は産後、育児に携わることはありませんでした。倫子は二四歳から四三歳までのあいだに彰子をはじめ六人もの子供を出産していますが、その一人一人に乳母がついていました。

乳母は子供の誕生直後に決められ、母乳のよく出そうな女性が選ばれました。乳母は産婦の家に住み込み、もっぱら授乳に当たります。

しかし、『枕草子』「すさまじきもの」の段に、「興ざめなもの……お乳が出なくなった乳母」と記されているように、母乳が出なくなる場合もあり、授乳ができなくなった乳母は即刻、クビになったようです。

また、文章博士（もんじょうはかせ）を務めた大江匡衡（まさひら）（九五二～一〇一二年）が、妻の赤染衛門（九五六？～

一〇四一？年）に贈った和歌に、
「はかなくも　思ひけるかな　乳もなくて　博士の家の　めのとせむとは（浅はかなことだ。乳の出が悪いのに、学者の家の乳母になろうだなんて）」
という一首があり、母乳の出が悪いのに乳母になりたいなんて、あり得ないことだったのですね。

乳児の夜泣きは、今でも母親を困らせますが、平安時代も同じで、清少納言は『枕草子』「苦しげなるもの」（つらそうにみえるもの）の一番目に「夜泣きをする乳呑み児の乳母」と記しています。

さて、授乳期間が終わると乳母の役割は終わるのかというと、そうではありません。乳離れした後も、教育係として若君に仕え続けるのです。実の子同様に慈しみ、ときに厳しく諫めることも厭いませんでしたから、実母にも勝るとも劣らない存在といっても過言ではないでしょう。

皇子である光源氏にも数名の乳母がおり、「夕顔」の巻では大弐（だいに）の乳母の病気見舞いに五条の家を訪れた様子が描かれています。

光源氏は、年老いた乳母に「幼くして、可愛がってくれるはずの母や祖母を亡くし、親しく甘えられるのは他にはいなかった」といって慰めます。乳母は涙を流しながら喜ぶのですが、一七歳の光源氏が多数の女性と浮き名を流していたことに対して、素行を改めるように厳しく戒めることも忘れませんでした。

また、若紫（のちの紫の上）を養育した少納言の乳母は、光源氏に引き取られるよう尽力し、若紫の将来を案じて奔走しました。

さらに、乳母は結婚にまでも関わり続け、女三の宮の乳母は、病に倒れ、出家を志す朱雀帝に、娘である女三の宮の婿には光源氏がふさわしいと薦めます。

一方、雲居雁（くもいのかり）の乳母は、相思相愛の夕霧（光源氏の息子）との結婚に対して、官位が低いことから反対するといった具合で、姫君が長じた後も、幸せになれるように将来を案じました。まさに、乳母の影響力は絶大だったといえますね。

このような関わり方は乳母にとどまらず、若君と乳を分けた乳母子（めのとご）（乳母の子供）、乳母の夫に至るまでが一生を捧げて若君に仕えるのでした。とくに、乳母子は若君と一心同体のように行動し、秘密も厳守する頼もしい存在となっていきました。

大弐の乳母の息子である惟光（これみつ）は、その代表格で、『源氏物語絵巻』「蓬生」の巻にも、荒れ果てた末摘花（すえつむはな）邸を訪れる光源氏を先導し、生い茂る蓬の露を鞭（むち）で払う姿で描かれています。

惟光はどこに行くのにも供し、ときには光源氏が興味を持った女性の素性を調べたり、秘密裏に光源氏の恋が成就するように尽力することを惜しみませんでした。とくに、密会中に急死した夕顔（大弐の乳母の隣家に住まい、病気見舞いの折に出会う）の亡骸を葬り、四十九日の法要の手配を行うなど、表沙汰にはできない側面を一手に引き受けています。光源氏のために誠心誠意尽くした惟光の忠誠心には感服しますね。もちろん、光源氏が須磨に退去した際も同行しました。

姫君に仕える乳母子も同じで、藤壺中宮の乳母子である弁という名の女房は、入浴の世話をして藤壺中宮の懐妊に気づきながら、王命婦とともに光源氏との密会を手引きしました。また、女三の宮の乳母子の小侍従も六条院で催された蹴鞠の折に女三の宮を垣間見た柏木から懸想文を託されて取り次いだりもしました。それにしても、弁も小侍従も密会の手引きまでするなんて、忠誠心とはいえ、どうかしていますね。

さて、平安の三蹟の一人として名高い藤原行成（九七二〜一〇二七年）も、乳母子にたいへん助けられたことを、彼の日記『権記』に書き留めています。それは、長徳四年（九九八）の夏のこと、平安京の貴族の間で赤疱瘡（麻疹）が大流行し、七月一二日、ついに行成も感染してしまいます。それでも、体調不良を押して内裏に出勤し、仕事も宿直（夜間勤務）までこなしました。しかし、帰宅するときには意識も朦朧となり、牛車に乗るときも乳母子である橘惟弘の手を借りるほどになっていました。七月一六日には、さらに悪化して床についてしまいますが、看病したのは惟弘だったのです。このとき、惟弘も罹患していたようで体調は芳しくなかったのですが、高熱で苦しみ、数え切れないほど悶絶する行成を膝枕するなど懸命に支え続けました。一ヶ月後、やっと完治したそうです。惟弘の献身的な看病には、頭が下がります。

❖誕生を祝う儀式

天皇はじめ貴族たちに子供が誕生すると、さまざまな祝いの儀式が執り行われます。まず、三日・五日・七日・九日の夜に、親類縁者などを招いて催される「産養」という宴がありました。

主催者は日ごとに替わり、『紫式部日記』には彰子の第一子である敦成親王（のちの後一条天皇。一〇〇八〜一〇三六年。在位一〇一六〜一〇三六年）の産養について、三日は中宮職、五日は祖父の道長、七日は父である一条天皇、九日は叔父頼通が行ったと記されています。

招待者は調度品や乳児の装束など、さまざまな贈り物を用意し、主催者は趣向を凝らした宴を計画しました。たとえば、道長が催した五日の産養は、十六夜の月が美しく照り輝く中、邸の池の汀には篝火が灯され、庭は昼間のように明るく照らされていました。庭には、下仕えの者たちの食事として屯食（蒸した米を握り固めたもの）が準備され、ずらりと並んでいたそうです。

招待客に食事を提供するということで、祝膳を運ぶ役には端正な美貌の女房八人が選ばれ、装束は白一色で整えられました。とくに、彰子に祝膳を運ぶ大式部、大輔命婦、弁の内侍の裳（三〇頁参照）はどれもすばらしい意匠が凝らされていました。そして、招待客には、すばらしい引き出物も用意されていました。この様子は『紫式部日記絵巻』にも描かれているのですが、なんとも豪勢な宴だったと想像されますね。

さて、『源氏物語』「葵」の巻には、光源氏と葵の上の息子である夕霧の産養が催されたことが描かれています。祖父にあたる桐壺帝はじめ親王たちが珍しい祝いの品を贈り、男児誕生であったので、夜ごと盛大な宴が催されました。

しかしながら、女児誕生の産養については、清少納言も紫式部も書き留めてはいません。筆まめで知られた藤原実資は『小右記』に、妻（源惟正の娘）の女児出産から七日の産養にいたるまでを次のように記録しています。

寛和元年（九八五）四月二八日寅の刻（午前四時頃）に女児が誕生した。乳付けの儀（新生児に初めて乳を飲ませる儀式）に続いて、鴨川の水を使って御湯殿の儀（新生児に湯を浴びさせる儀式）を行った。

四月二九日　六日間の休暇届を提出した。

四月三〇日　三日の産養。紀伊守正雅らが祝膳を用意する。

五月　一日　新生児に産婦の腹帯に用いた白絹を用いて作った衣を着せた。

五月　二日　五日の産養。妻の兄弟が祝い膳を用意した。

五月　四日　七日の産養。前越前守が祝い膳を用意する。清原元輔（清少納言の父）も訪れ、和歌を詠んだ。

『源氏物語絵巻』柏木三の巻

当時、実資は花山天皇の蔵人頭（くろうどのとう）（秘書官長）の任にあったにもかかわらず、女児誕生の翌日から六日間の「産休」をとったようです。

一通りの誕生直後の祝賀行事が終わると、五〇日目には「五十日（いか）の祝い」といって、今日の「お食（く）い初（ぞ）め」の起源となる儀式が行われます。

その様子は『源氏物語絵巻』「柏木三」の巻にも描かれ、襁褓（むつき）にくるまれた薫を抱く光源氏のそばに、いくつもの祝膳が並んでいるのがみえます。

『紫式部日記』には寛弘五年（一〇〇八）一一月一日に行われた敦成親王の五十日の祝いの様子が、

「若宮には、小さな御膳、幾枚もの御皿、御箸の台、洲浜（すはま）（洲浜の形にかたどった台）なども雛遊びの道具のように並べられていた」

とあり、乳児用に用意された皿には小さな餅が載せられ、その餅を乳児の口に含ませて健やかな成長を祈ったようです。

この祝宴に招待された上達部(かんだちめ)のなかに、左衛門督(さえもんのかみ)であった藤原公任(きんとう)(九六六〜一〇四一年)がいました。彼はかなり酔っぱらっていたのか、紫式部に向かって「このあたりに、若紫はおられるかな?」と冗談ぽく尋ねました。紫式部は「ここには光源氏に似た男性もいないのに、どうして紫の上がいるものかしら」と思い、無視したと日記に記しています。

公任ばかりか、右大臣藤原顕光(あきみつ)(九四四〜一〇二一年)は女房たちの前に置かれた几帳(きちょう)を引きちぎって檜扇(ひおうぎ)を取り上げたり、右大将となっていた実資も女房たちに近寄って、袿(うちき)(六五頁参照)の枚数を数えたりなど、酔態はひどかったようです。

五十日の祝いが終わるころには産婦の体力も回復するようで、彰子は出産後六〇日目に若君敦成親王とともに内裏に戻りました。その様子は『紫式部日記』に、

「中宮様が内裏に戻られるのは一一月一七日の戌(いぬ)の刻(午後八時頃)と聞いていたが、だんだん夜が更けてしまった。女房たちは三〇人余り、髪上げをした正装で居並んでいる……中宮様の御輿(みこし)には、お付きとして宮の宣旨(せんじ)(宮中の女房)が同乗する。糸毛(いとげ)の牛車には中宮様の母倫子と少輔(しょう)の乳母が若宮を抱いて乗られる。そのあとに、中宮様にお仕えする女房たちの牛車が続く」

と、華麗な行列であったと記されています。ちなみに、『源氏物語』では玉鬘(たまかづら)の娘大君(おおいぎみ)(父は鬚黒(ひげぐろ))が冷泉帝の女二の宮を出産後、「五十日の祝い」を済ませた五〇日目に内裏に戻ってい

ます。

❖健やかな成長を祈る袴着

近年、女子学生の卒業式ファッションといえば、袴姿が定番になっていますが、女性が袴を着けるようになった初めは平安時代でした。

鎌倉時代になると女性の袴着用は廃れ、明治時代の女学生ファッションに取り入れられるまで、長い空白期間がありました。

さて、平安時代の貴族たちは、男女とも日常的に袴を着けることになっていました。女性は成人後、長袴を着用しますが、成人前の女児は男性の袴と同じ足首までの長さのものでした。

男児・女児が初めて袴を着ける儀式を「袴着（はかまぎ）（着袴（ちゃっこ）ともいう）」といい、三歳から七歳くらいのあいだに行われました。

三歳といっても満年齢では二歳で、清少納言は「小賢（こざか）しいもの。昨今の三歳児（みとせご）」（『枕草子』「さかしきもの」の段）というほど、何かとおしゃまな振る舞いをする年頃なのでしょう。

袴着は三歳で行うことが多かったようで、『源氏物語』「桐壺」の巻に、「この御子（みこ）（光源氏）が三歳になった年、袴着が行われた。兄に当たる第一の御子（東宮で、の

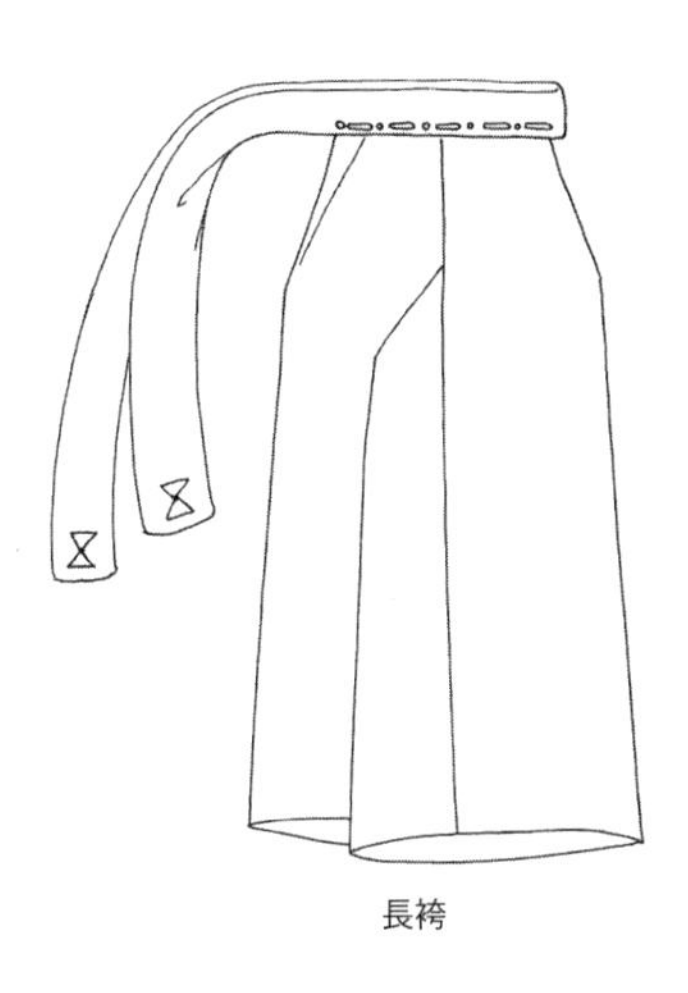

長袴

ちの朱雀帝）のときに劣らず、内蔵寮（くらりょう）、納殿（おさめどの）の御物（ぎょぶつ）をふんだんに使って、たいへん盛大に行われた」

とあるように、光源氏も三歳で東宮（皇太子）に劣らぬほど盛大に袴着が執り行われました。

また、「松風」の巻に光源氏は娘の明石の姫君の袴着を行うために、子供好きの紫の上に、

「実をいうと可愛らしい姫君が生まれたのです。三歳になっていて、無邪気な可愛い顔をしています。あなた（紫の上）の養女にして、袴着をしてやってください」

と懇願し、明石の君には、袴着の儀は光源氏と紫の上の住まう二条院において盛大に行いたいと語りました。ずいぶん身勝手な言い分なのですが、明石の君は姫君の将来を考えて、二条院に引き取られることを承諾したのでした。悲しい母子の別れとなりますが、光源氏の頭をよぎったものは、ゆくゆくは姫君を天皇の后に、との思惑だったのでしょうか。

さて、袴着の儀を行うには誕生の日時をもとに、陰陽師に吉日吉時を占わせることから始ります。誕生の日時は産着に書いておく習慣があり、袴着の日まで大切に保管しておかなければなりませんでした。

ところが、藤原教通の長女生子（五歳）と次女真子（三歳）姉妹の産着が焼失してしまい、誕生の日時がわからないという事態が発生したのです。困り果てた姉妹の外祖父である藤原公任は、何かにつけ几帳面な藤原実資が日記に書き留めていないかと思いつき、問い合わせたところ、期待どおり実資は記録していたのでした。それを元に袴着の日程は寛仁二年（一〇一八）一一月九日と定まり、無事、袴着の儀が執り行うことができました。その様子は『御堂関白記』によると祖父である道長の邸宅で行われ、姉妹は暁に到着し、道綱、実資、斉信など多くの列席者があったということです。

- 戌の刻（午後八時頃）、公任がやって来た。
- 公任が、私に姉の生子の腰結をしてほしいと頼むので、袴の腰を結んだ。妹の真子の腰は頼通が結んだ。
- その後、酒が数献、管絃の演奏があり、終わると列席者には教通から禄（祝儀）が手渡された。
- 道長には琴、和琴、笙と馬三頭、頼通には手本と馬一頭が贈られた。

- 道長から道綱・実資・斉信の三人に馬一頭が贈られた。
- 道長や頼通、実資などの随身にも被物（祝儀。引き出物）が贈られた。
- 儀式の途中で、太皇太后彰子、皇太后妍子、中宮威子から、それぞれ子供の装束などが贈られてきた。

とあり、まず袴を着け、その腰紐を「腰結」の役が結びます。この役は上流貴族の子女の場合は父親あるいは大臣などが担いますが、皇子や皇女の場合は天皇みずから行うことが多かったのです。袴の上に着ける袿や直衣などの装束は必ず親族の高位の者、大臣の子女には中宮や女院から贈られました。

産養や五十日の祝いは母方の実家で行われることが多いのですが、袴着の儀は父方親族の家で行われるのが常でした。それも、夜間に行われることが多く、『小右記』には、亥の刻（午後一〇時頃）に終了したとありますから、約二時間の祝宴だったようです。

それにしても、産養にはじまり、五十日の祝い、袴着の儀にいたるまで、主役は幼児であるにもかかわらず、夜間に行うのは酒宴の楽しみがあったからなのでしょうか。

ちなみに、実資は彰子の袴着の儀に招待されていたのですが、改めて招待の文が届くものと思い込み、欠席してしまったため、左大臣源雅信（宇多天皇の孫。倫子の父で、彰子の外祖父。九二〇～九九三年）と道長をひどく立腹させたといいます。連絡不十分だったのかもしれませんが、実資は両家に詫びのため推参したそうです。

❖女君に仕える愛らしい女童

『源氏物語』に描かれた女君のかたわらにはいつも、可愛い女童（めのわらわ）が仕えています。「野分（のわき）」の巻には、強風が吹き荒れ野分（台風）が去った後、夕霧は光源氏の大邸宅六条院（光源氏が三〇歳初めに造営し、主だった夫人や子女を住まわせていた）へ野分見舞いに訪れました。父の命により、夕霧が秋の御殿を里邸とする秋好（あきこのむ）中宮を見舞いに訪れると、ちょうど秋好中宮が女童を庭に下ろして、いくつもの虫籠に露を入れさせているところでした。

四、五人くらいずつ連れ立って、色とりどりの虫籠をいくつも持ち歩き、野分で荒れたあちらこちらの草むらに近づき、みつけた撫子（なでしこ）の折り枝などをみせに持ってくる可愛らしい仕草を中宮は微笑ましく眺めていたようです。

また、「朝顔」の巻には、たいそう雪が降り積もった夜に光源氏が藤壺中宮の前で、女童を庭に下ろして雪まろばし（雪遊び）をさせていた様子が描かれています。

銀世界に月光が輝き、まるで日中の明るさだったようです。小さい女童は喜んで走り回り、転がしていた雪の玉が手に負えないほど大きくなり、動かせなくなって困っている姿など、なんとも子供らしい様子が記されています。

京都上賀茂神社の曲水宴に奉仕する斎王代の装束の裾を持つ女童

女君に仕える女童たちは中流から下流貴族の家に生まれた子供で、父や母が仕えていた上流貴族の家の妻や娘たちに仕えたのでした。彼女たちの母は子連れ出勤も稀ではなく、幼くして自然と主家に慣れ親しみ、そのまま女童となっていったようです。

たとえば、和泉式部（九七八年〜没年不明）の母は昌子（しょうし）内親王（朱雀天皇の娘。冷泉天皇の中宮。九五〇〜一〇〇〇年）付きの女房であったことから「御許（おもと）丸（まる）」と称し、女童として仕えていたともいわれています。

さて、上流貴族の姫君が入内するとき、女童も付き従って内裏に出仕しました。だいたい七歳から一五〜一六歳までの少女で、幼いながらも手紙などの取り次ぎや室内外の雑用などを任されていました。彼女たちには愛らしい呼び名がつけられ、禎子内親王の元には「をかしき・やさしき・ちひさき・をさなき・めでたき」という名の女童が仕えていました。

長保元年（九九九）、彰子が一二歳で一条天皇の元に入内したときには、容姿が美しい選りすぐりの女童が六人、彰子の妹妍子が東宮となっていた居貞親王（のちの三条天皇。九七六〜一〇一七年。在位一〇一一〜一〇一六年）の元への入内に際しても四人の女童が選ばれ、姫君に仕えました。『栄花物語』「はつはな」の巻に、

「昔の后は、女童を使うことはなかったが、今はお好みでさまざまな使いようをされている。やどりぎ・やすらひなどという名の少し大きめの女童は、髪も長くなり、容姿も美しい」

と記され、その習わしは摂関政治のころから始まったようです。

女童たちにとって、内裏や上級貴族へ出仕することは、女性としての行儀作法や教養を深める学びの場ともなっていたようです。たとえば、『枕草子』「内裏の局、細殿」の段に、

「内裏の局は、細殿（廂の間のうち、細長いものの呼称）が、たいへん趣深い。上の蔀戸が上げてあるので、風がひどく通って、夏はとても涼しい。冬は雪や霰などが風に乗って降り込んでくるのも趣深い。局が狭いので来客中に女童が上ってくるのは具合が悪いが、そんなときには女童を屏風の内側に隠して座らせておいても、外の局のように、声高に笑ったりせずに、静かにしているのが良い」

とあり、幼いながら場の雰囲気を理解した振る舞いをしていることがわかります。

さらに、「殿などのおはしまさで後」の段には、長期間、里居している清少納言に定子からの手紙が届けられたとき、

「ドキドキしながら定子様からのお手紙を開けてみると、山吹の花びらが一枚だけ包んでありました。それに『言はで思ふぞ（言わずに、思っています）』とだけ書かれていました……急いでお返事を差し上げねばと思うのだけれど、どうしたことか『言はで思ふぞ』の和歌の上の句が思い出せないのです。私が『古歌とはいえ、とても有名な和歌なのに、口に出てこないなんて不思議』といっているのと、それを側で聞いていた女童が『「下行く水」と申しますよ！』というのです。どうして、こうも忘れていたのでしょう。こんなに小さな子に教えられるなんて」

と、女童に上の句を教えられたエピソードは、幼いころから和歌に親しんだ成果を物語っているといえるでしょう。

ちなみに、清少納言が思い出すのに苦労した「言はで思ふぞ」という和歌は『古今和歌六帖』に収められている「心には　下行く水の　わきかへり　言はで思ふぞ　言ふにまされる」という一首です。この和歌は「私の心の中には、表面からは見えない地下水が湧き返っているように、口には出さないけれど、あなたのことを思っています。その思いは口に出していうより、ずっとまさっているのです」という思いを詠んだものです。さらに、定子が山吹の花びらを添えたのは、「山吹の　花色衣（はないろごろも）　ぬしや誰　問へど答へず　くちなしにして」（素性法師）に、山吹色を染めるために用いた梔子（くちなし）と「口なし」を掛けたからといわれています。女童たちは、和歌はいうにおよばず、女君のもとで多くの年中行事や儀式に接するなかで、さまざまな学びを深めていったのでしょうね。

❖愛らしい童女のファッション

絶世の美少女として『源氏物語』に登場する若紫は、平安京の外、北山のあたりで、光源氏と劇的な出会いをします。それは、三月の下旬、瘧病(わらわやみ)（瘧(おこり)ともいう。間歇熱(かんけつねつ)の一種。マラリアのこと）を患った光源氏が病気平癒のため、加持力があると評判の聖(ひじり)を訪ねたときでした。

通りかかった屋敷の中に、ひそかに恋い焦がれる藤壺中宮にそっくりな一〇歳ぐらいの若紫を垣間見たのです。そのとき、若紫は白の袿(うちき)の上に着慣れて柔らかくなった山吹襲(やまぶきがさね)の衵(あこめ)を着ていたと記されています。

衵は単(ひとえ)の上に着ける大袖の服具で、童女の場合は対丈(ついたけ)（足のくるぶしまでの丈）で、その下には濃色(こきいろ)（濃い紫色）の袴を着けます。これが一般的な童女の装いなのですが、女君の側に仕える女童には儀式などに際しての正装がありました。

それは汗衫(かざみ)と呼ばれる服具で、衵の上から着用するものです。形態はあまり明確ではありませんが、『枕草子』「などて官(つかさ)得はじめたる六位の笏(しゃく)」の段に、

「装束などにいい加減な名前をつけたのは、とても理解に苦しむことである……なぜ、汗衫というのだろうか。汗衫は尻長(しりなが)といえばよいのに。男童(おのわらわ)が着る尻長のように」

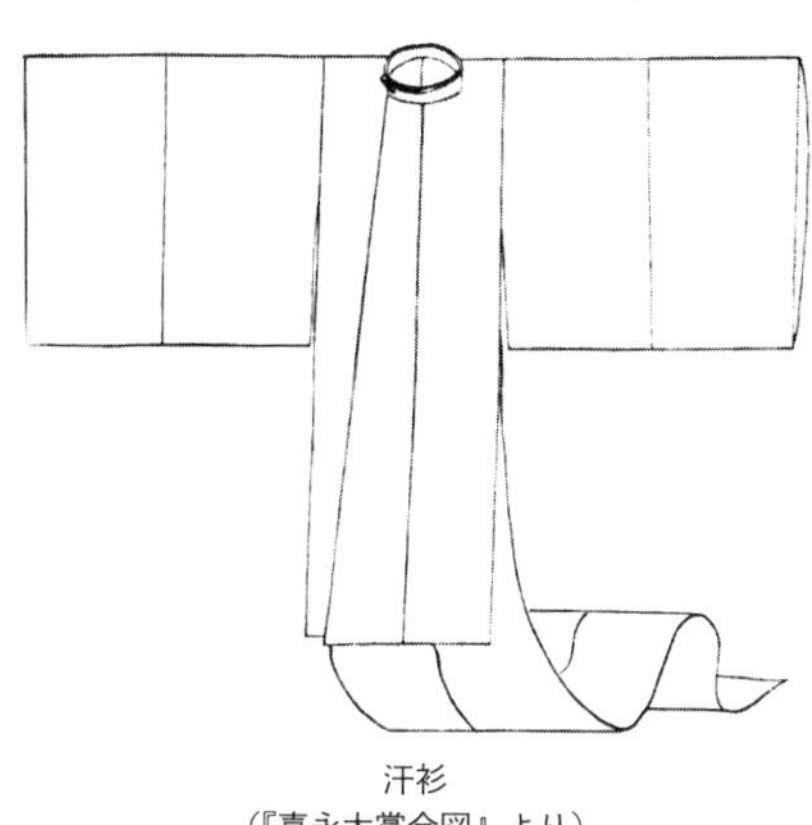

汗衫
（『嘉永大嘗会図』より）

とあり、腋を縫い合わせず、裾を長く曳いたものだったようです。

『枕草子絵巻』に汗衫姿が見られますが、『満佐須計装束抄』（源雅亮が著した有職故実書）にも「身丈は前後同寸で、一丈二尺（約四・四メートル）」と記載されていますから、相当裾の長い服具であったことがわかります。さらに、成人男性の正装である束帯に用いる表袴を濃袴の上から着けました。

『源氏物語』には汗衫を着けた女童の姿が描かれていますので、みてみることにしましょう。

まず、「絵合」の巻には、二回の絵合（左右に分かれて、互いに用意した絵を合わせて、その優劣を競う遊戯）が描かれており、清涼殿において冷泉帝の御前で行われた第二回の絵合に同席する女童の姿が見られます。

第一回の絵合は、三月一〇日頃、絵合の発案者である藤壺中宮の御前で行われました。左方は斎宮女御（のちの秋好中宮。六条御息所の娘で、光源氏の養女。冷泉帝より九歳年上）、右方は弘徽殿女御（頭中将の娘で、冷泉帝と同年齢）で、『竹取物語』と『宇津保物語』の物語絵合に続いて、テーマを『伊勢物語』と『正三位』に変えて行ったのですが、決着がつきませんでした。

光源氏の提案により、三月二〇日に冷泉帝の御前で絵合を行って決着をつけることになりました。当日は、左方の斎宮女御にも、右方の弘徽殿女御にも六人ずつの女童が仕え、絵合の進行の手伝いをしました。斎宮女御の女童は赤色の表着に桜襲の汗衫、紅と藤襲の二倍織物（綾地で地紋の上に、別糸で数色の散らし文様を浮織にしたもの）の袙という赤系統の色合いで統一した装束で、かたや、弘徽殿女御のほうは青色の表着に柳の汗衫、山吹襲の袙という青系統の色を用いた装いでした。絵合のような遊戯では、一方が赤系統ならば、他方は青系統の色合いの装束とするのが一般的でした。ちなみに、平安時代は緑色を青と表現しました。

第二回の絵合も何番かの対戦でも甲乙付けがたく、勝敗が決まらぬまま夜になってしまいました。最後に左方から光源氏の手による「須磨の絵日記」が出され、草書体に仮名文字が散りばめられてあるのが、感慨深く涙を誘い、斎宮女御方が勝利を収め、中宮に冊立されたのでした。雅な遊戯に名を借りた権力争いだったというわけです。

さらに、「若菜下」の巻には、光源氏が計画した女性ばかりの絃楽四重奏の様子が描かれています。女三の宮の父朱雀帝の五十の賀（五〇歳となった祝宴）で演奏するのですが、演奏者はいずれも六条院に住まう紫の上、明石女御（のちの明石中宮）、明石の君、女三の宮で、後世「六条院の女楽」と呼ばれました。

一月下旬に六条院で試楽（リハーサル）が行われた様子が描かれているのですが、四人の女君には、それぞれ四人の優れた容貌の女童が選ばれ付き従っていました。

女童の出で立ちは、紫の上の女童は赤色の表着・桜の汗衫・薄色（薄紫色）の二倍織物の袙・紅の単・浮紋の表袴、明石の君は紅梅の表着・青磁（青磁のような色）の汗衫・濃色（濃い紫色）の袙が二人、桜の上着・青磁の汗衫・薄色の袙が二人と赤系統の色目を基調にしたものでした。

明石女御は青色（緑）の表着・蘇芳の汗衫・山吹色の唐の綺（錦に似た金糸や五色の糸を織り交ぜたもの）の袙・唐綾（綾組織の浮織）の表袴、女三の宮は青丹（濃い青に黄色を加えた色）の表着、柳の汗衫、葡萄染（紫がかった赤色）の袙と青系統の色目で整え、唐の綺や唐綾など唐から渡来した織物を用いた豪華な装束でした。

絵合も六条院の女楽も春の季節に行われましたので、季節感を重んじた色目の装束で統一されていました。女童がこんなにお洒落しているのですから、女君たちも、さぞ着飾っていたのではと思われるでしょうね。

あにはからんや、彼女たちは自身が着飾ることよりも、むしろ側仕えの女房や女童の装束に気を配るのが礼節とされていたのでした。これこそ、お洒落の神髄といえるでしょう。

Ⅱ

見目麗しい姫君となる

❖裳を着ける成人の儀式

平安女子の成人式は、成人女性の服具である裳を着けることから「裳着」と呼ばれました。平安時代中期までは、裳着と同時に髪を額近くに結上げ、平額・釵子などの髪飾りをつける「髪上げ」も行われていました。『竹取物語』には、かぐや姫を育てるうち、三ヶ月もすると一人前の身長になってしまったので、吉日を占い定めて、裳を着けさせたと記されています。

さて、裳は古墳時代から継承された巻きスカート形式の下半身衣で、奈良時代には高松塚古墳壁画婦人像や、奈良薬師寺所蔵の「吉祥天画像」にみるように、華麗に染められた裙と褶の二枚の裳が着けられるようになりました。

平安時代中期以降、装束の大型化にともない、裳の下に着用する袿などの裾も伸張したため、歩行に支障をきたすことから、下半身全体に纏うことは不可能になっていきました。その結果、

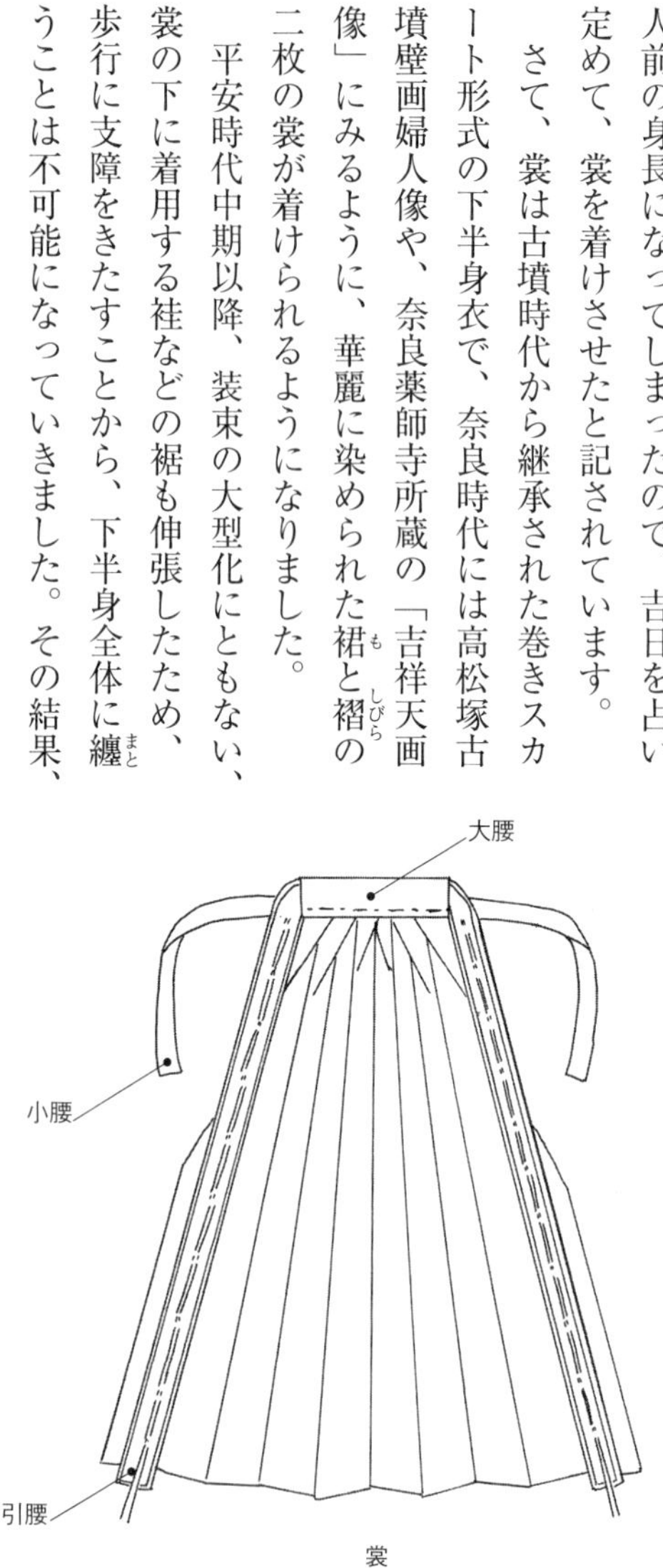

裳

下半身後部だけに纏うものへと変化し、腰部に当たる部分を大腰、前身に結ぶ紐を小腰と称し、裳の本体部分は裾を長く曳くようになったのでした。

そこには大海とも海賦ともいう、波や海藻（浅い海の岩場に自生する海藻の一種を模様化したもの）、貝殻、洲浜など海辺の風物をあしらった模様が施され、『枕草子』に「裳は大海」と記されるほど、四季を通じて大流行していたようです。

このように形態が変化した裳は、唐衣とともに成人女性の正装の服具となり、宮仕えの女房たちが主人や貴人の前に出るときには必ず着ける定めとなりました。

清少納言も定子が局を不在にしているときは、裳を着けず、くつろいだ姿をしていたことが『枕草子』に記されています。ただし、身分の高い女性は「裳着」以外で裳を着けることは、ほとんどありませんでした。

平額・釵子・日蔭鬘

さて、裳着の儀式は吉日吉時を選んで行われ、産養・五十日の祝い・袴着などと同様、戌の刻から亥の刻にかけて行われました。

裳着において重要な役割は、裳の腰紐を結ぶ腰結の役で、前述の袴着と同様、人望のある人物（男性）に依頼しました。たとえば、定子の裳着では祖父の兼家が腰結を務め、皇女の場合は天皇みずからが行うこともありました。

裳着を行う年齢については一定していませんが、おおよそ、一二～一四歳頃に行われました。ずいぶん早い成人の儀式と思われるかもしれませんが、平安時代は結婚年齢が早く、裳着によって結婚が可能となった資格を得たことになるのでした。未婚の天皇や東宮、将来有望な親王などの元服が近づくと、有力貴族の姫君たちも急いで裳着を執り行い、結婚に備えました。

たとえば、『源氏物語』「若菜上」の巻に、一三歳になっていた女三の宮の裳着の様子が、

「歳の暮れ、父朱雀帝の病気が思わしくないので、急遽、女三の宮の裳着を行うことになった。儀式で使われる部屋は唐土（もろこし）の后の居室を想像して、唐渡りの織物を用いた調度品で整えられ、端麗で豪華に、目映いほどに準備されていた。腰結の役は、前もって太政大臣（だいじょうだいじん）に依頼してあった」

と描かれ、腰結の役は太政大臣になっていた頭中将が務めました。秋好中宮からは女三の宮へ、特別に新調した装束、櫛の箱、そして、御髪上（みぐしあ）げの道具などが贈られてきました。御髪上げの道具は、かつて入内に際して朱雀帝から贈られたものに少し手を加えたものでした。この儀式には殿上人はいうまでもなく、内裏、東宮に仕える者すべてが参列し、彼らへの豪華な引き出物が用意され、盛大に行われました。

朱雀帝が女三の宮と光源氏の婚姻を熱望していたため、裳着直後に女三の宮は降嫁することになりました。このとき、光源氏は四〇歳前後でしたから、かなりの年の差婚であったといえ

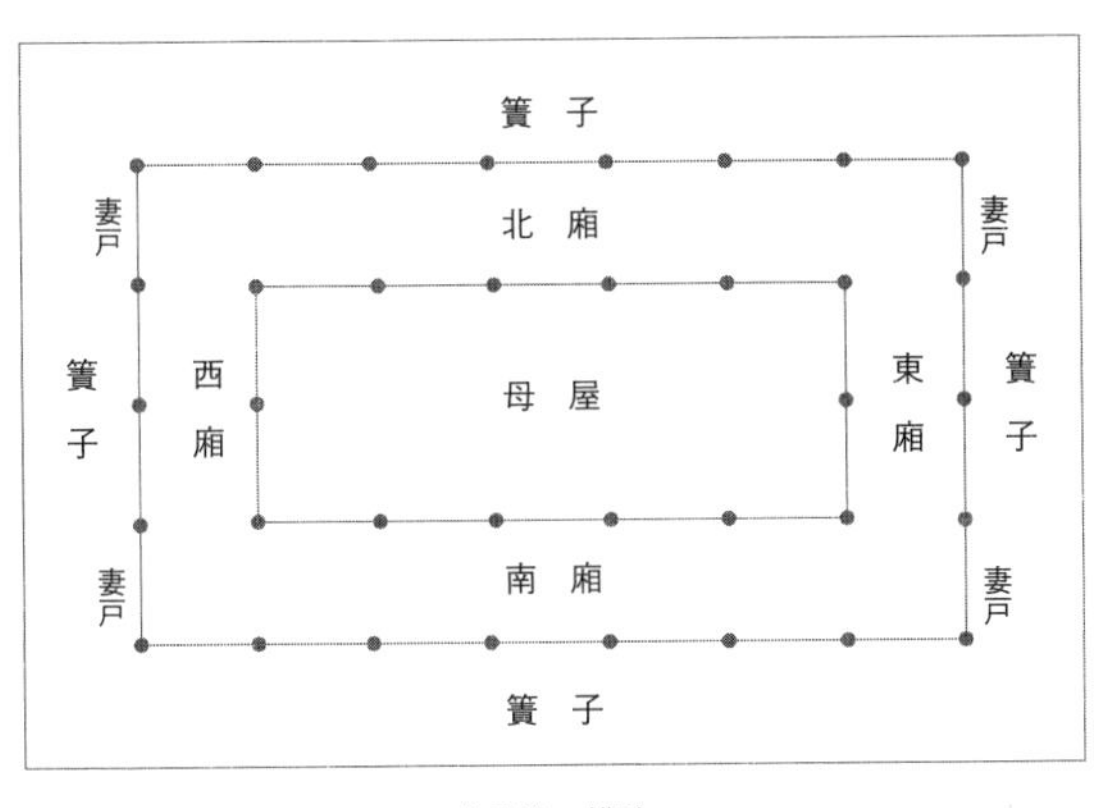

寝殿造の構造

ますね。まあ、叔父と姪の結婚ですから、致し方ありません。また、光源氏の娘である明石の姫君も一一歳で裳着を済ませ、二ヶ月後には入内しています。

ただし、例外もあり、今上帝（きんじょうてい）の娘である女二の宮は一六歳、玉鬘は遠く九州で乳母に育てられたこともあり二二歳での裳着となりました。

さらに、年齢が近い姉妹の場合、二人同時に裳着を行うこともあり、桐壺帝の皇女である女一の宮と女三の宮（ともに母は弘徽殿大后）の姉妹は、三月二〇日過ぎに右大臣邸で催された藤花の宴で裳着が行われました。

彰子の裳着は一二歳になった長保元年（九九九）二月九日、道長邸で行われ、儀式の会場となる寝殿の母屋（もや）の廂（ひさし）には、藤原行成が揮毫した屏風を飾り、準備が整えられました。申（さる）の刻（午後四時）頃、右大臣藤原顕光（あきみつ）、内大臣藤原公季（きんすえ）（九五六〜一〇二九年）、藤原実資ら多くの参列者が訪れ、それぞれの座に着きました。数献の酒がふるまわれ、管絃の演奏があり、和歌が詠まれました。『御堂関白記』や『小右記』などに腰結役の記録はありませんが、おそらく、父である道長が務めたと考えられます。

平安女子にとって成人の証となる裳着の儀式が、すぐさま結婚につながるなんて、深い意味がありますね。

❖黒髪は美人の象徴

平安時代において、まっすぐで長い黒髪は美人の条件のひとつでした。

清少納言が『枕草子』に「羨ましくみえるもの……髪がたいへん長く、毛筋が整っていて、額髪（ひたいがみ）の切り揃えたところが綺麗にみえる人」と記しているように、平安女子にとって、長く、豊かな髪は憧れでした。清少納言が仕えた定子も髪のかかり具合などが、絵に描いたお姫様のようだと『枕草子』に綴られています。

ところが、清少納言は定子に仕えはじめたころから、薄くなった髪を気にするようになり、「中宮様に初めて出仕したころ……夜ばかり参上していると……高坏（たかつき）に載せた大殿油（おおとなぶら）（宮殿や貴族の邸宅でともす灯台）なので、髪の毛の筋なども、むしろ昼よりはっきりと見えて恥ずかしいけれど」とか、「年長の女房は髪に髢（かもじ）（地毛の足りない部分を補うためのつけ髪）を入れているからだろうか、ところどころ縮れたり、乱れたりしている」と記しています。

一方、『紫式部日記』には、同輩の女房たちの髪を、

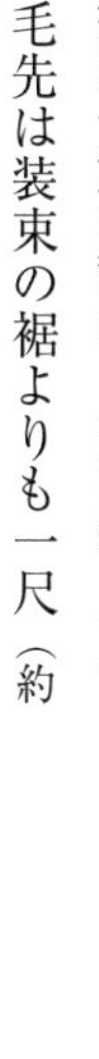

- 大納言の君――髪は身長より三寸（約一〇センチメートル）ほど長く、毛先、生え際の感じが端整で愛らしい。
- 宣旨（せんじ）の君――髪は一筋の乱れもない美しさで、毛先は装束の裾よりも一尺（約三〇センチメートル）ほど長い。

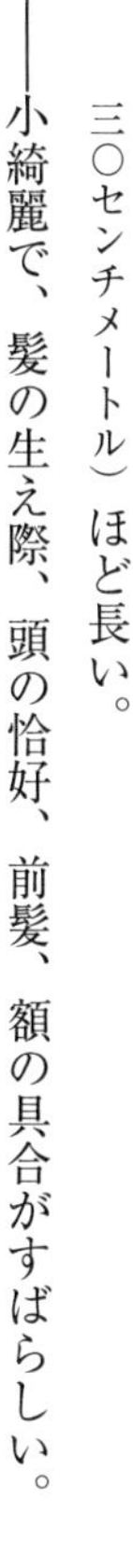

- 宮の内侍（ないし）――小綺麗で、髪の生え際、頭の恰好、前髪、額の具合がすばらしい。
- 伊勢大輔（いせのたいふ）――髪が美しく、背丈より一尺以上は長い。
- 五節の弁（ごせちのべん）――額がとても広く、髪は背丈より一尺以上は長くたっぷりとしている。

と評し、身長よりも一尺以上長い人が多いというのですから、驚きですね。

さて、髪は、幼少のころから伸ばしはじめるのですが、髪刺（かみそぎ）（髪の毛先を切りそろえる儀式で、男女とも五歳から九歳のあいだに行う）までは、肩にかからない程度に切り揃えました。童女の髪形は左右に分けて垂らしてあることから「ふりわけ髪」と称し、尼のように肩から背にかけて

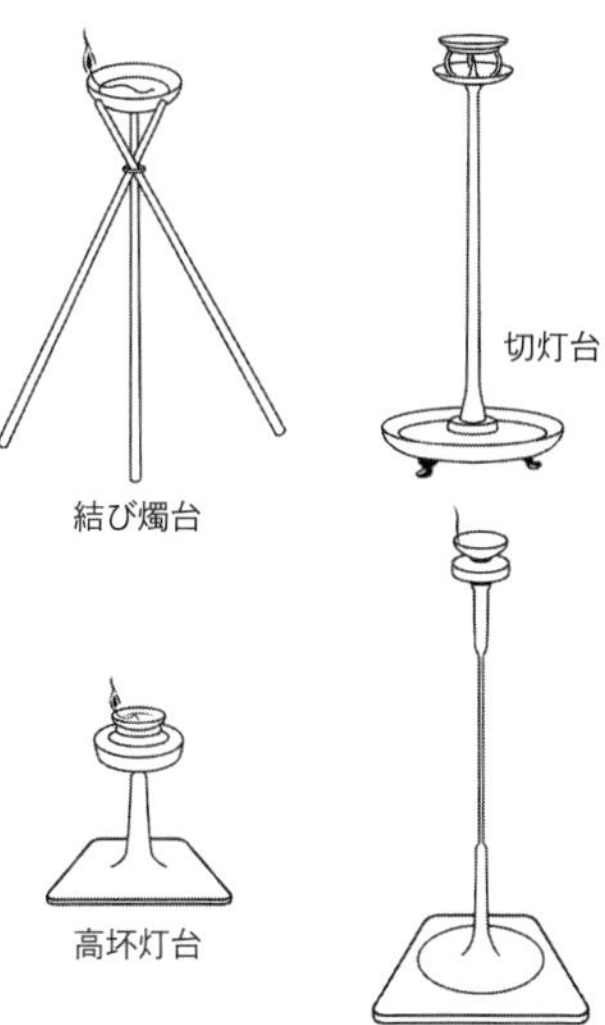

ふりわけ髪

の長さであったことから「尼削ぎ」ともいいました。『源氏物語』の「若紫」の巻には「若紫の髪は扇を広げたようにゆらゆらしていて……子供っぽく掻き上げた額、髪の生え際は、たいへん、かわいらしい」とあり、「薄雲」の巻には「この春から伸ばしている髪が尼削ぎ程度になって、ゆらゆらとして見事で……」と肩よりも長く伸びていたと記されています。

このように、幼いころから美しい髪を保つように心がけられました。『蜻蛉日記』を著した道綱母（九三六？～九九五年）は女児を出産することができず、一二、三歳の女児を養女にするのですが、

「身長は四尺（約一二〇センチメートル）ばかり、髪は抜け落ちたのだろうか、毛先はそぎ落としたようで、身長に四寸（約一二センチメートル）ほど足りない。とてもかわいらしく、髪の様子も美しく、その姿にはとても品がある」

と、髪が身長より少し短く、毛先が痛んでいることに物足りなさを感じています。というのも、この年齢の女児の場合、髪は身長より長いのが一般的で、『栄花物語』「かゞやく藤壺」の巻にも、「姫君（彰子）の容姿が優れているのは、いうまでもないが、髪の丈は身長より四～五寸ほ

ど長い」と記されています。
『源氏物語』に登場する女性は総じて容姿端麗ですが、末摘花（すえつむはな）は、
「ふと目に止まった鼻は、普賢菩薩（ふげんぼさつ）の乗り物（象）のように高く長い。先のほうが垂れ下がっていて少し赤く、異様である……さらに下脹（ぶく）れのようだが、驚くほど面長である……頭の恰好、髪の垂れ具合は美しく、すばらしい。髪は袿（うちき）の裾から一尺ほども長い」（「末摘花」の巻）
と、髪は長く、美しかったのですが、容貌については酷評しています。

さて、大切に長く伸ばした髪の手入れには、かなりの注意が払われていました。髪を洗うことは「髪すます」あるいは「泔（ゆする）」といい、米のとぎ汁である「泔（ゆする）」を洗髪剤として用いて行いました。洗髪後、高貴な身分の女性は、女房たちに髪を拭かせたり、火桶で髪をあぶったりして長い髪を乾かしましたが、それでも一日がかりの大仕事でした。

七夕の日には「御髪（みぐし）すまし」という行事があり、賀茂川の川辺に桟敷まで組んで行う大がかりなもので、川辺に出て肌脱ぎし、上半身をあらわにして洗髪するという大胆なものでした。

夏季は割合こまめに洗髪されたようですが、四月・五月・九月・一〇月は忌むべき月との理由から洗髪は行われませんでした。それ以外の月も、髪が汚れていたとしても洗髪の頻度は低く、吉日を選んで行われました。清少納言が『枕草子』「心ときめきするもの」の段に「洗髪は胸がドキドキする」と記しているほどですから、洗ったあとは、さぞスッキリしたことでしょうね。

洗髪をしないときの髪の手入れは、髪についたほこりを取り除くために、洗髪剤でもあった「泔」を整髪料として用い、一日に何度も髪を梳(と)かしつけ、髪のクセを取ることでした。大変な苦労をして黒髪を保っていたのですね。ちなみに、「泔」は泔坏(ゆするつき)と呼ぶ容器に入れ調度品として室内に飾りました。

ここでもう一人、長い黒髪美人のエピソードを紹介しましょう。名を藤原芳子(ほうし)（?～九六七年）といい、村上天皇の女御の一人で宣耀殿女御(せんようでんのにょうご)とも呼ばれました。目尻が少し下がり気味でしたが、類い希なる美貌であったと伝えられています。『大鏡』には、

「宣耀殿女御という容姿端麗な女性がいた。内裏へ参上するために牛車に乗ろうとしたとき、身体は牛車の中にあったが、髪先は母屋の柱のもとにあった。髪一筋を陸奥紙(みちのくがみ)（半紙くらいの大きさか?）の上に置くと、隙間もないほど真っ黒になった」

というのですから、少し誇張されているでしょうが、身長よりはるかに長かったことはいうまでもありません。

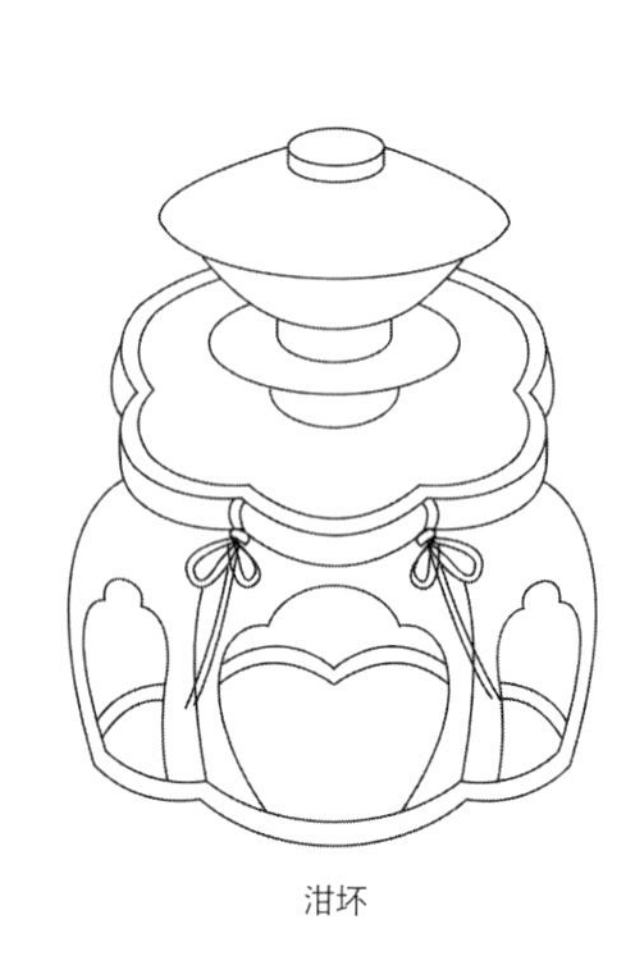

泔坏

❖念入りに化粧する

裳着を済ませ、大人の仲間入りをすると、化粧や歯黒(はぐろ)をするようになります。

平安時代は化粧を施すことを「顔づくり」といい、「引目鉤鼻(ひきめかぎはな)」と呼ばれる立体感のない下脹れの顔に作り上げました。「顔づくり」は起床後、沐浴し、たいそう長い髪を梳(と)かしたのち、すぐさまとりかからなければならない身だしなみだったのです。

まず、白粉(おしろい)を塗るのですが、当時は「白きもの」と称されていました。

植物性のものと鉱物性のものとがあり、植物性のものは米粉・粟粉・麦粉・葛粉の類で、鉱物性のものには鉛を酢で蒸して生じた白粉「ハフニ」(京白粉)と、水銀化合物である辰砂(しんしゃ)に塩を加えて蒸して生じた白粉「ハラヤ」(伊勢白粉)とがありました。

鉱物性の白粉は平安時代以前に中国からもたらされましたが、使用されるようになったのは平安時代になってからでした。水で溶いて肌に塗るのですが、たいへん伸びが良いので喜ばれて使用されるようになりました。

しかし、鉛の毒が皮膚から体内に吸収されるのは必至で、古来「美人薄命」といわれる理由は白粉に含まれた鉛であったともいえるのではないでしょうか。高貴な身分の女性ほど入念に厚化粧していたため、当然、鉛の体内蓄積量は多くなったでしょうね。

能面のように白く塗った顔にアクセントを加えるのは紅で、紅花の花弁を搾った汁で製された頬紅と口紅とがありました。ちなみに、『源氏物語絵巻』にも描かれているように、かなりのおちょぼ口に仕上げました。

　このおちょぼ口の中の歯は、鉄片に酢または酒を加えて褐色になり、放香するまで加熱して作った「鉄漿（かね）」で黒く染められました。いわゆる、お歯黒ですね。歯みがきのあと丹念に筆でつけるのですが、虫歯予防という効用もあったようです。

　次に眉ですが、平安女子は成人すると生来の眉をすべて鑷（けぬき）で抜いて、眉墨で人工的に眉を引く「引眉（ひきまゆ）」を施しました。引眉は生来の眉の位置よりも上に描きましたので、目と眉のあいだは広くあいています。眠っているかのような切れ長の目に、ぼんやりとぼかした太い眉は絶妙な調和を保っていたのです。眉墨には油煙や麻幹（おがら）（麻の皮をはいだ茎）の黒焼、麦の黒穂などを胡麻の油で練った捏墨（こねずみ）が用いられていました。

　このように手間のかかる化粧が大嫌いという、風変わりな姫君の話が『堤中納言物語』に記されています。彼女は虫の成育過程を観察するのが大好きなことから、「虫愛（め）づる姫君」と呼ばれ、引眉も歯黒も煩わしく、見苦しくて嫌いだったので、成人後も眉を抜かず、真っ白な歯を出して微笑んでいたといいます。髪も両耳にかける「耳挟（はさ）み」をしていました。化粧よりも、虫たちを朝な夕な愛でていたかったのですね。

　さて、寝起きの顔を人に見られることは恥と考えられていたようで、『紫式部日記』に、早

朝、道長が女郎花を携えて紫式部の局を訪れたときの様子を、
「うっすらと霧がかかった朝方、まだ、露も落ちていない時刻だというのに、道長様が庭を歩かれていた……その姿のなんと立派なことに比べて、私の寝ぼけた顔はどうだろうか」
と、寝起きの顔（朝顔）で、たいへん恥ずかしい思いをしたと記しています。

清少納言も早朝、まだ、寝ているときに行成がやって来て素顔を見られてしまい、同じような思いをしました。行成は「女は、寝起きの顔がたいへん良いというので、こっそり、見にきたのです」とあっけらかんと答えたというのです。行成は『史記』刺客列伝を引用して「女は自分に好意を寄せてくれる人のために化粧をする」ともいっています。

さて、女性が外出することは極めて稀でしたが、二月二一日、定子の父の道隆が法興院積善寺の御堂で、一切経奉納供養を行うことになり、定子をはじめ姉妹たちも参列することになりました。その準備の様子をみた清少納言は、
「道隆家の姫君たちは入念に化粧して、紅梅襲の装束を華麗に着飾っていた……今夜参上すると、すでに集まっていた女房たちは装束の準備をしたりしていた。化粧する様子はいうまでもなく、髪を結う者も明日以降は化粧もできないかのように、熱中しているのが見える」（『枕草子』「関白殿、二月二十一日に」の段）
と、化粧するのに余念がない有様をおもしろく捉えています。

しかし、念入りに施した化粧であっても、化粧崩れは相当激しかったようです。たとえば、

『紫式部日記』寛弘五年（一〇〇八）九月一一日、敦成親王が誕生したとき、「小中将という女房は化粧なども手を抜かない上品な人で、この日も夜明け前に入念に化粧をしていたのだが、やがて顔は泣き腫れ、白粉も涙に濡れてところどころはげてしまって、驚いたことに彼女だとわからなかった。宰相の君（道綱の娘の豊子）の面変わりした様子などときたら、実にめったにないことだった。まして私の顔もどんなだったか」と、女房たちの顔の白粉が感涙ではげ落ちてしまった様子が記されています。無事の出産をわがことのように思い、よほど感激したのでしょうね。

❖藤原行成の書は宝物

平安女子の必須教養科目は三つありました。『枕草子』「うらやましげなるもの」の段に、「文字を上手に書き、和歌も上手に詠み……琴・笛など習う」と、達筆で、上手に和歌を詠み、雅楽の才能に満ちあふれている人は、たいへん羨ましい限りであると記されていることからもわかるように、書・和歌・雅楽の修練を積まなければなりませんでした。

男子は真名（漢字）も仮名（平仮名）も習得しなければなりませんでしたが、女子は美しい仮名文字が書けることだけが求められました。

女子に用いられた仮名文字は万葉仮名を草体化したもので、その書体は「女手（おんなで）」とも称されました。その優雅で流れるような連綿体（れんめんたい）（草書や仮名の各字が、次々に連続して書かれている書体）の書は、仮名文学成立の重要な要素となっていきました。さぞや、清少納言も紫式部も、美しい仮名を書いたのでしょうね。

さて、書の練習には手本が必要ですが、手本は身近な能書家の手によって製作されたようです。たとえば、『更級（さらしな）日記』の著者である菅原孝標女（たかすえのむすめ）（一〇〇八～一〇五九?年）は、能書家で名高い藤原行成の娘の書を手本に稽古をしたといわれています。

手習いの第一歩は『古今和歌集』の仮名序に収められている「難波津（なにわづ）の歌」と称する「難波津に　咲くや木（こ）の花　冬ごもり　今は春べと　咲くや木の花（難波津に梅の花が咲いています。今こそ春が来たと梅の花が咲いていますす）」や、「安積香山（あさかやま）　影さへ見ゆる　山の井の　浅き心を　わが思はなくに（安積香山の影が映えてみえる山の井のように、浅い心で君にお仕えしているのではありません）」という「安積香山の歌」が用いられました。

『源氏物語』「若紫」の巻に、若紫の養育を懇願する光源氏の申し出に対して、若紫の祖母（尼君）は「まだ、手習いの難波津の歌さえも続けて書けない子供ですから、そのお申し出はご容赦ください」との文を出しています。当時、若紫は一〇歳くらいになっていましたので、難波津の歌が続け字で書けないということはないはずですが、可愛い孫を手放したくない祖母の謙遜かもしれませんね。

さて、平安女子憧れの仮名文字は、清少納言の寝起きの顔を悪戯っぽく見た藤原行成の書でした。『枕草子』「頭の弁の御もとより」の段に、

「頭の弁（行成）の許から遣わされた主殿司（後宮の清掃・乗り物など設備の管理・灯火などを司った役所）が、絵などのような物を白い色紙に包み、美しく咲いた梅の花の折り枝につけて持って来た。絵であろうと急いで開けてみると餅餤（餅に鳥の卵や野菜を入れた唐菓子）という物が二つ並べて包んであった。添えられていた立文には、解文（上申する公文書）のような書面で、『進上　餅餤一包　例に依て進上　如件　別当少納言殿』とあり、月日を書き、『みまなのなりゆき』と署名があった……中宮様にお目にかけると『趣向が凝らされ、すばらしい書であること』と褒められ、解文は中宮様自身のものと、お取りになった」

と、特別な行事にしか供されない餅餤に添えられていた文が、行成の手になるものだとわかると定子が自分のものにしてしまったというのです。


行成は小野道風を模範とし、追慕の念が強く、『権記』に「夢の中で道風に会い、書法を授けられた」と感激して書き留めています。また、藤原道長からも能書家として高い評価を得ていました。恵心僧都源信（九四二〜一〇一七年）の『往生要集』（九八五年完成）を道長から行成が借用し、返却しようとした際、原本は返却には及ばず、行成の写本のほうが欲しいといわれたと伝えられています。行成の書は男性にも人気があったのですね。かくいう道長も『栄花物語』に三男教通の娘のために手本を贈ったことが記されています。

さて、『源氏物語』「梅枝（うめがえ）」の巻で、光源氏は美しい仮名文字を書く女性の名をあげています。その筆頭は六条御息所で、さらさらと無造作に書いた文字ですら格段に優れているといっています。朧月夜（おぼろづきよ）・朝顔の前斎院（さきのさいいん）・紫の上の書も絶賛しています。さらに、藤壺中宮は深みがあり優雅なところもあるが、華やかさに欠ける、秋好中宮は細やかで趣はあるけれど才気がないなど、さまざまに評しています。しかし、末摘花に対しては助言してくれる女房がいないのか、固すぎると酷評しました。彼女に対しては、どこまでも手厳しいですね。

藤原佐理女（すけまさのむすめ）は、父の仮名の書風を受け継ぎ「女手かき」として活躍しました。『栄花物語』「つぼみ花」の巻に、長和二年（一〇一三）三条天皇の中宮妍子（九九四〜一〇二七年）が懐妊し、一時期、藤原斉信邸に滞在したとき、妍子は佐理女の手になる『村上の御時の日記』を斉信から贈られたとあります。このとき、四〇代後半だったようですが、七〇歳ころには、倫子の七十の賀の歌屏風に、大中臣輔親（おおなかとみのすけちか）・赤染衛門・出羽の弁の和歌を書いています。その後も、九〇歳になっても健在で、藤原寛子の歌合（うたあわせ）でも和歌の清書をしたといいますから女手かきの第一人者だったといえます。

❖婚活に備えて和歌の修練

清少納言も紫式部も中古三十六歌仙に選ばれ、『百人一首』の歌人としても有名です。

とくに、紫式部は『源氏物語』のなかに七九五首もの和歌を散りばめ、あるときは光源氏に、また、あるときは紫の上や六条御息所になったりして、その時々の心情を詠んでいます。

たとえば、病床の紫の上が死期を予感して「おくと見る　ほどぞはかなき　ともすれば風に乱るゝ　萩の上露（うわ）（起きてはみるけれど、この命が消えるまで長くはありません。ともすれば、風に乱れる萩の葉の上露のように儚いものです）」と詠めば、光源氏は「ややもせば　消えをあらそふ　露の世に　おくれ先だつ　ほど経ずもがな（ともすれば、我先にと争うように消えていく露のような世の中です。どちらが後、先とならないように、一緒に消えてしまいたいと思っています）」と返歌しました。変幻自在に作中人物になって和歌が詠めるなんて、羨ましい限りですね。

一方、清少納言は頑なに和歌は詠まないと決意をしていたそうで、定子から和歌を詠むように命じられると、その場から逃げ出したくなったといいます。

「和歌が三十一文字（みそひともじ）であることもわきまえず、春は冬の歌、秋は梅の花の歌など、ちぐはぐな和歌を詠むようなことになるにちがいない。和歌を詠むと讃えられた人たちの子孫として、誇れる和歌を詠んだと思えるようでないと先祖に申し訳ないと申し上げると、中宮様は無理強い

はしないといわれた」（『枕草子』「五月の御精進の頃」の段）

と記しているように、和歌を詠むことに対して慎重でした。清少納言ほどの人物ですから下手というわけではなく、曾祖父清原深養父（ふかやぶ）、父元輔（九〇八～九九〇年）と続く歌人の家名を汚さぬようにという思いが強かったのでしょう。

さて、和歌の修練は、どのようにして行われたのでしょうか。『枕草子』「清涼殿の丑寅の隅」の段に、興味深い記述があります。

「一には、御手を習ひたまへ。次には、琴の御ことを、人より異に弾きまさらむとおぼせ。さては、古今の歌二十巻を皆うかべさせたまふを、御学問にはさせたまへ。（第一に書を練習しなさい。次には琴を人より上手に弾けるようになること。それから、『古今和歌集』二〇巻の和歌を全部、暗誦できるように学問に励みなさい）」

これは、藤原師尹（もろただ）（九二〇～九六九年）が娘の芳子（宣耀殿女御）に女子としての教養について諭した言葉で、「古今の歌」つまり『古今和歌集』全二〇巻を暗記しなさいというのです。千首以上もあるのですから、覚えるのにたいへんな努力が必要だったことでしょう。

しかし、男性から懸想文（けそうぶみ）（ラブレター）が贈られてきたとき、その努力は報われるのでした。和歌をしたためた文が届くと、すぐさま返事をするのが原則で、『古今和歌集』を思い出しながら和歌を詠むのです。この和歌の贈答が、より良い結婚相手に巡り会う手だてとなっていたからです。

紫式部が和歌の才能で一目おいていた和泉式部は、情熱的な恋の和歌を詠み、「浮かれ女」といわれるほどモテモテでした。冷泉天皇（九五〇～一〇一一年。在位九六七～九六九年）の第三皇子為尊（ためたか）親王と第四皇子敦道（あつみち）親王の兄弟二人を虜にし、ついには禁断の恋に落ちてしまいました。この行状に対して紫式部は「恋文や和歌はすばらしいが、素行には感心できない」と、さすがに非難しています。

和歌を詠むのがあまり得意ではないという姫君もいたようで、『源氏物語』には末摘花がその一人として描かれています。

光源氏から何度も和歌が贈られてきているのに、なかなか返事が出せず、みかねた乳母子の侍従（じじゅう）が代作していました。ついには、「唐衣（からころも）」という枕詞を連発した和歌を詠んで贈り、光源氏を「唐衣また唐衣、唐衣返す返すも唐衣」と憤慨させてしまいました。さらに光源氏を呆れさせたのは、文の体裁でした。「晴れぬ夜の　月待つ里を　思ひやれ　同じ心に　眺めせずとも（雨雲の晴れ間のない夜の月を思いやってください。私と同じ気持ちで眺めていないにしても）」という和歌が古びた紫色の紙に、上から下まで揃えて堅苦しい文字で書いてあったのでした。みる気も起こらなかったそうです。

当時、文には陸奥紙や唐（から）の紙、薄様（うすよう）、紙屋紙（かんやのかみ）を用い、季節の草木の折り枝を添えるのが常でした。さらに、紫の紙に藤の花というように、紙と折り枝の色の調和にも気を配らなければならなかったのです。末摘花は何につけても古風で、風雅なセンスがなかったのかもしれません。

さて、平安男子にとって和歌の才能は、栄達にもつながるものでした。天徳四年（九六〇）三月三〇日、村上天皇主催による歌合が清涼殿で行われました。左右に分かれて、二〇番勝負の最後の歌題は「恋」でした。右方の平兼盛（かねもり）は「忍ぶれど　色に出にけり　我が恋は　物や思ふと　人の問ふまで（心に秘めてきたけれど、顔や表情に出てしまったようだ。私の恋は。「恋わずらいでもしているのですか」と人に尋ねられるほどに）」、左方の壬生忠見（みぶのただみ）は「恋すてふ　我が名はまだき　立ちにけり　人知れずこそ　思ひそめしか（「恋をしている」という私の噂が、もう立ってしまった。だれにも知られないように、心ひそかに思い始めたばかりなのに）」と、ともに秀歌を詠みました。

歌合はいずれかに優劣をつけねばならないルールがあり、判者（はんじゃ）（判定を下す者）役の左大臣藤原実頼（さねより）（九〇〇～九七〇年）は、苦慮した末、村上天皇が「忍ぶれど……」とつぶやくのを聞き、兼盛の勝ちとしました。後日譚では勝者の兼盛はこの歌合をきっかけに栄達の道が開けましたが、敗れた忠見はあまりのショックから、ついに「食わずの病（摂食障害）」となって悶死したと伝えられています。歌人にとって歌合の敗北は、耐え難い屈辱であったのでしょう。

❖平安女子は琴・琵琶が上手い

平安時代、「あそび」といえば管絃の遊び、つまり、雅楽演奏のことを指していました。雅楽は五世紀から一〇世紀にかけて広くアジアの国々から伝わった外来音楽ですが、平安時代に入ると貞保親王（八七〇～九二四年）や敦実親王（八九三～九六七年）や源博雅（九一八～九八〇年）などの達人が現れ、貴族の教養のひとつとなりました。管絃の遊びは『枕草子』「遊びは」の段に「管絃の遊びは夜、人の顔がみえない頃に行う」と記されているように、夜間に行われることになっていました。

雅楽は管楽器・絃楽器・打楽器で構成され、男性は笙、篳篥、横笛などの管楽器と絃楽器を専門家について学びました。女性には琴（七絃の琴）、和琴（六絃の琴）、箏（十三絃の琴）、琵琶などの絃楽器を修練することが求められました。

琵琶（右）と箏（左）を奏でる男性

光源氏は琴も箏も堪能で、紫の上（若紫）は幼いころから光源氏の手ほどきを受けていたため、長じたのち、箏も和琴も弾きこなせるようになりました。

女性たちが絃楽器の修練を積んだ成果を物語るものとして、『源氏物語』に描かれた「六条院の女楽」では、紫の上は和琴、明石女御（のちの明石の中宮）は箏、明石の君は琵琶、女三の宮は琴を担当しました。女三の宮を除く三人の女君は、それぞれの楽器に熟練していましたが、女三の宮は、まだその域には達していなかったようです。父である朱雀帝に聴いていただくのだからと、光源氏は演奏法を伝授して猛特訓しました。

琴は琴柱がなく、左手で目印を押さえて右手で弾くのですが、奏法がたいへん複雑だったそうです。そのため、

「他の楽器と合奏するとき、箏は絃が弛んだり、琴柱の位置がずれたりする危険性がある。調絃は女の力では上手くいかないときがあるので、夕霧に頼んだほうが良いだろう」(「若菜下」の巻)

と息子の夕霧に調絃を依頼し、女三の宮が恥ずかしい思いをしないようにという気遣いをみせています。

ちなみに、光源氏が末摘花のもとを訪れるようになったきっかけは、大輔の命婦から末摘花が「性格や器量は、詳しく知りません。……琴を何よりの友としておられるようです」と聞いたことでした。その後、末摘花の琴の演奏を耳にするのですが、光源氏はなんとも評価していませんから、少なくとも下手ではなかったのでしょう。

さて、明石の君が担当した琵琶ですが、光源氏は「昔から、琵琶は比較的演奏法が簡単であるから、女性でも弾きこなせる楽器である」(「明石」の巻)といいながら、「乙女」の巻では「琵琶は女性が弾くには見た目の良くない楽器だ。けれども、音色はたいへん気品があってよ

いものだ」と述べ、演奏する姿も気にしていたことがわかります。

明石の君は琵琶のほか、父明石入道から受け継いだ箏にも堪能で、物語の中では琵琶、箏、琴の三種の絃楽器を弾きこなしています。光源氏は須磨隠棲中、そのすばらしい音色で、どれだけ心が癒やされたことでしょう。

紫式部に負けず劣らず、清少納言も絃楽器に詳しく、『枕草子』「弾くものは」の段に、

「弾くものは……琵琶。調べは風香調、黄鐘調、『春鶯囀』という楽曲。箏の琴は、とても魅力的だ。楽曲は『相夫恋』」

と、好みの曲名まで挙げています。

また、内裏の紫宸殿の東に位置する宜陽殿には、名器と名高い管楽器や絃楽器が納められていたのですが、「無名といふ琵琶の御琴を」の段に、

「無名という銘のある琵琶を試しに弾いてみた……私が『この琵琶の名は何というのでしょうか』とお尋ねすると、中宮様は『たいした琵琶ではないので名もついていない』といわれた……天皇の手許にあるものは、琴も笛もすばらしい名前がつけられている。玄象・牧馬・渭橋・無名など。また、和琴は朽目、塩釜、二貫など。笛は水龍、小水龍、宇多の法師、釘打、葉二つなど」

と、その一つを清少納言が弾いたという記述があります。いくら定子に仕えていたとしても御物の琵琶を弾いたなんて、たいしたものですね。『源氏物語絵巻』「橋姫」の巻に描かれている

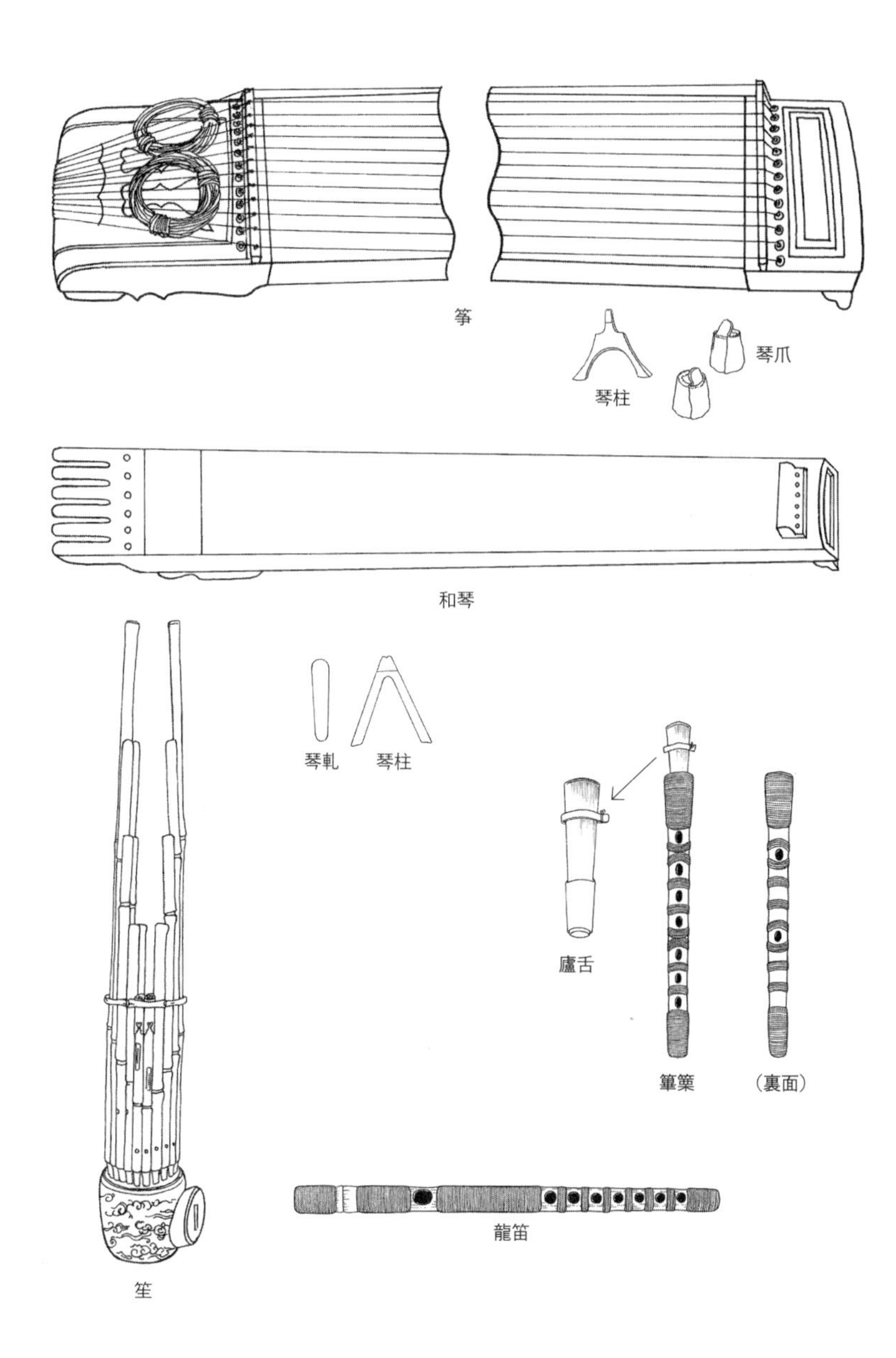
箏
琴爪
琴柱
和琴
琴軋
琴柱
廬舌
篳篥
（裏面）
龍笛
笙

ように、女性たちは楽しみながら奏でているようにもみえますが、きっと書や和歌と同様に修練を重ねたのでしょう。

箏の名手は和歌にも才長けていたようで、『秦箏相承血脈（成立年不明）』という雅楽書には二人の著名な女性歌人の名が記されています。一人は宇多天皇の中宮温子に仕えた伊勢（八七二～九三八年）で、『百人一首』に「難波潟　みじかき芦の　ふしの間も　逢はでこの世を　過ぐしてよとや（難波潟の入り江に茂っている芦の、短い節と節の間のような短い時間でもお会いしたいのに、それも叶わず、この世を過ごしていけとおっしゃるのでしょうか）」が収められています。寛平五年（八九三）の皇后宮歌合に出詠したのをはじめ、若いころから歌合や屛風歌など晴れの舞台で活躍した人物です。もう一人は、承安三年（一一七三）、高倉天皇の中宮徳子（平清盛の娘で、安徳天皇の母）に右京大夫として出仕した建礼門院右京大夫（一一五七？年～没年不明）で、平資盛との恋の歌を中心とする『建礼門院右京大夫集』を残しました。

III
素敵な
女君となるために
研鑽を積む

❖淑女としてのマナー

平安女子は袴着の儀が終わると、成人女性として守らなければならない基本的なマナーがありました。それは、親しい間柄でも男性には顔をみせてはならないということでした。もちろん、父親や兄弟であっても例外ではありません。

そのため、男性と対面するときは、必ず御簾（みす）あるいは几帳を隔てて行われました。几帳は帳（とばり）（布帛（ふはく））を垂れ下げた移動式の障屏具（しょうへいぐ）で、中ほどには「几帳のほころび」といって布を縫い合わさない部分があります。その隙間から対面相手を垣間見ることができるのです。

たとえば、清少納言が宮仕えをはじめて間もないころ、定子のもとに兄の伊周（これちか）（九七四〜一〇一〇年）が突然、尋ねてきました。清少納言は緊張のあまり少しも動くことができず、奥のほうに引っ込んでいたのですが、美男子と評判の高い伊周を一目見てみたい気持ちが湧いてきて、几帳のほころびか

『源氏物語絵巻』柏木一の巻

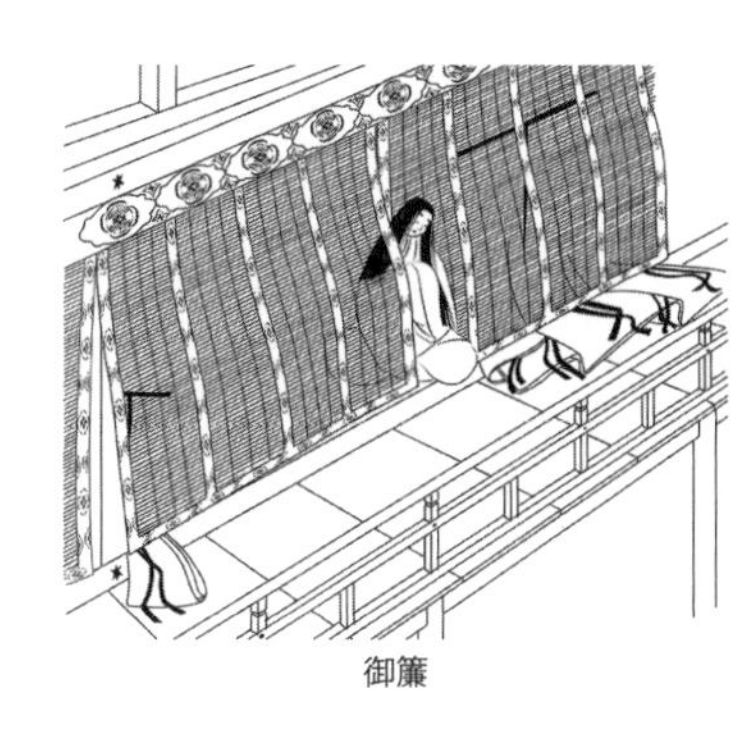

御簾

几帳

ら覗きみたのでした。

さて、御簾や几帳がないときには、手元にある扇を広げて翳(かざ)すことで急場を凌ぐ工夫をしました。

顔を隠すための必須アイテムともいえる扇には、二つの種類があります。

一つは夏季に用いる蝙蝠扇(かわほりおうぎ)で、五本ほどの骨に金銀砂子を彩絵した扇紙を片面貼りしたものです。扇を広げた形状が蝙蝠(こうもり)が翼を広げた様子に似ているところから命名され、招涼用であったことから「夏扇」との別称があります。

もう一つは冬季用の檜扇(ひおうぎ)（冬扇ともいう）で、檜の薄板を糸で綴り合わせたもので、男性は束帯(そくたい)、女性は唐衣裳(からぎぬも)装束（十二単）などの正装時に閉じたまま手に持ち、威儀を整えました。男性用は白木のままですが、

蝙蝠扇

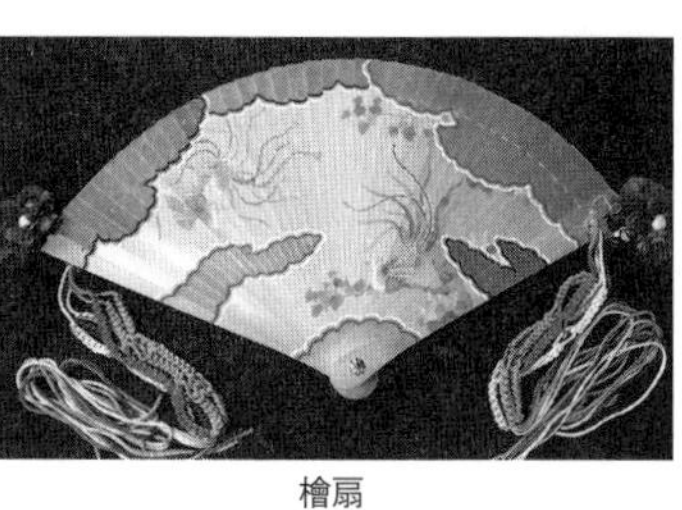

檜扇

女性用は泥絵（金泥や銀泥で描いた絵）を施した華麗なものでした。

『枕草子』「上の御局の御簾の前にて」の段には、扇すら手近になかったときのことを記しています。定子は夕刻近くまで殿上人らと琴と笛の合奏を楽しんでいました。すると、

「まだ、格子を下ろす時間ではなかったのに、灯りが差し出されたので、戸の開いているのが外からはっきりとみえる。それで、中宮様は琵琶を立てて持っておられた」

と、室内が明るくなったので、とっさに琵琶を立てて顔を隠したそうです。いかに女性が顔をみせないマナーを厳守していたかがわかりますね。

ちなみに、平安女子は室内において立て膝、あるいは横座りで座していました。さらに、室内ではむやみに立ち上がって歩行することはタブーとされ、場所を移動するときは膝行、いわゆる膝歩きでした。

さて、平安時代の気温は三〇度を超える真夏日もあり、『枕草子』「にくきもの」の段に、

「憎らしいもの……眠気をもよおして横になったのに、蚊が細い声で心細げに羽音をさせて、顔のあたりをあちこち飛び回るのは、とても憎らしい」

と記されているように、蚊の音に悩まされる寝苦しい夜もあったようです。

睡眠不足を補うために、日常的に昼寝をしていたようで、『枕草子』「七月ばかりに」の段には、

「初秋に入り、室内が涼しくなったので、夏の間の汗の香が少し沁みついている薄い綿衣を引

き被(かぶ)って昼寝をするのは魅力的である」

とあり、また、『紫式部日記』寛弘五年（一〇〇八）八月二六日の条に、

「中宮様の御前から局に下がる途中、宰相の君の局の戸口を覗いてみると、ちょうど昼寝をしているところだった。色とりどりの袿(うちき)や打衣(うちぎぬ)で顔はすっぽり埋もれている。硯箱を枕にして臥していた」

とも記され、いつの世にも、昼寝は気持ちが良いものだったのでしょう。

しかし、昼寝とはいえ、寝姿を人目に晒すことは感心できることではありませんね。『源氏物語』「常夏(とこなつ)」の巻で、内大臣（頭中将）が娘の雲居雁(くもいのかり)（当時一七歳）を訪れると、肌の色が透けてみえる羅(ら)（薄く織った絹布）の単衣(ひとえぎぬ)を着て、腕枕で寝入っていました。側仕えの女房たちも熟睡しており、内大臣の来訪にまったく気づかなかったのでした。可愛らしい寝姿だったのですが、父は激怒して、

「昼寝はいけないことだと注意していたのに、このような不用心な格好で寝ているとは。女房たちも側につかせないで、どうしたことか。女というものは常に身を護る心がなければいけません。気を許して無造作なふうにしているのは、品のないことです」

と叱責しました。たしかに不用心すぎますね。

当時の住居は寝殿造という開放的な様式で、日中は外光を室内に取り入れるため戸は開け放たれていました。このような状態で昼寝をしていたのですから、注意されても当然のこととい

えるでしょう。

❖五節舞姫に選ばれる

初冬一一月下旬の新嘗会の翌日に行われる豊明節会において、王臣諸侯の子女が舞う「五節舞」は内裏に仕える女性たちをウキウキさせるものでした。

新嘗会の起源は神話の時代ですが、平安時代は神嘉殿において天皇が新穀を天神地祇に献上し、みずからも食する宮廷祭祀となりました。その一連の流れは次のとおりで、五節舞は、

・中丑の日——五節舞姫参入。帳台の試み〈於　常寧殿〉
・中寅の日——御前の試み〈於　清涼殿〉
・中卯の日——童女御覧〈於　清涼殿〉
・中辰の日——豊明節会〈於　紫宸殿〉

と、帳台の試みと御前の試みの二度のリハーサルを経て、豊明節会において舞われました。

五節舞の起源は、天武天皇が大和の吉野の宮で琴を爪弾いていると天女が「少女ども　少女さびすも　唐玉を　袂にまきて　少女さびすも」と歌いながら舞い降りたという伝説に遡りま

五節舞姫

す。

舞姫は平安時代中期以降、王臣諸侯の子女から選ばれるようになりましたが、新嘗会では舞姫は四人（公卿、国司の娘それぞれ二人ずつ、あるいは公卿の娘三人、国司の娘一人）で、大嘗会（天皇即位の年の新嘗会）に際しては五人（公卿の娘三人、国司の娘二人）が選ばれました。ちなみに、僧正遍昭（桓武天皇の孫、三十六歌仙の一人。八一六～八九〇年）が詠んだ、

「天津風　雲の通ひ路　吹き閉ぢよ　をとめの姿しばしとどめむ（天を吹く風よ、天女たちが帰っていく雲の中の通り道を吹き閉ざしてくれ。乙女たちの美しい舞姿を、もうしばらく地上に留めておきたいのだ）」

の「をとめ」とは、五節舞姫を指しています。

『源氏物語』「乙女」の巻では、光源氏が舞姫を献上することになり、乳母子である惟光の娘（藤典侍）を選び、装束など準備万端を整えました。

「二条院でも優れた女童や女房を選び、天皇の御前で御覧いただくのと同じように練習させたが、みな立派に務めた。女童の容姿・器量はすばらしく、光源氏は『もう一人の舞姫の介添え

もこちらから出すことができる』と困らせるほどであった。……参入の日、どちらの舞姫も立派に準備が整えられていたが、器量は惟光の娘が際立っていた」

と、惟光の娘に仕える介添えや女童には器量の良い者を厳選したと記しています。

また、定子が藤原相尹（すけまさ）の娘（一二歳）を舞姫として献上したときは、

「舞姫の世話をする女房の装束は、辰の日の舞姫の装束と同じように青摺（あおずり）の唐衣（からぎぬ）、女童には青摺の汗衫（かざみ）が用意された。綺麗に赤紐（あかひも）を結び、たいへん光沢のある白い袿（うちき）、摺り模様にする部分は描絵（かきえ）になっている。二倍（ふたえ）織物の唐衣の上にこのような服具を纏うのは本当に珍しい。なかでも、汗衫姿の女童は女房たちより一段と明るく、みずみずしい」（『枕草子』「宮の五節出ださせ給ふに」の段）

とあり、女房も女童も辰の日の舞姫の装束と同じ意匠で整えられたことがわかります。

ちなみに、舞姫は三回の演舞ごとに異なる装束を着ける定めで、『西宮記（さいきゅうき）』（源高明（みなもとのたかあきら）が記した有職故実書）に、

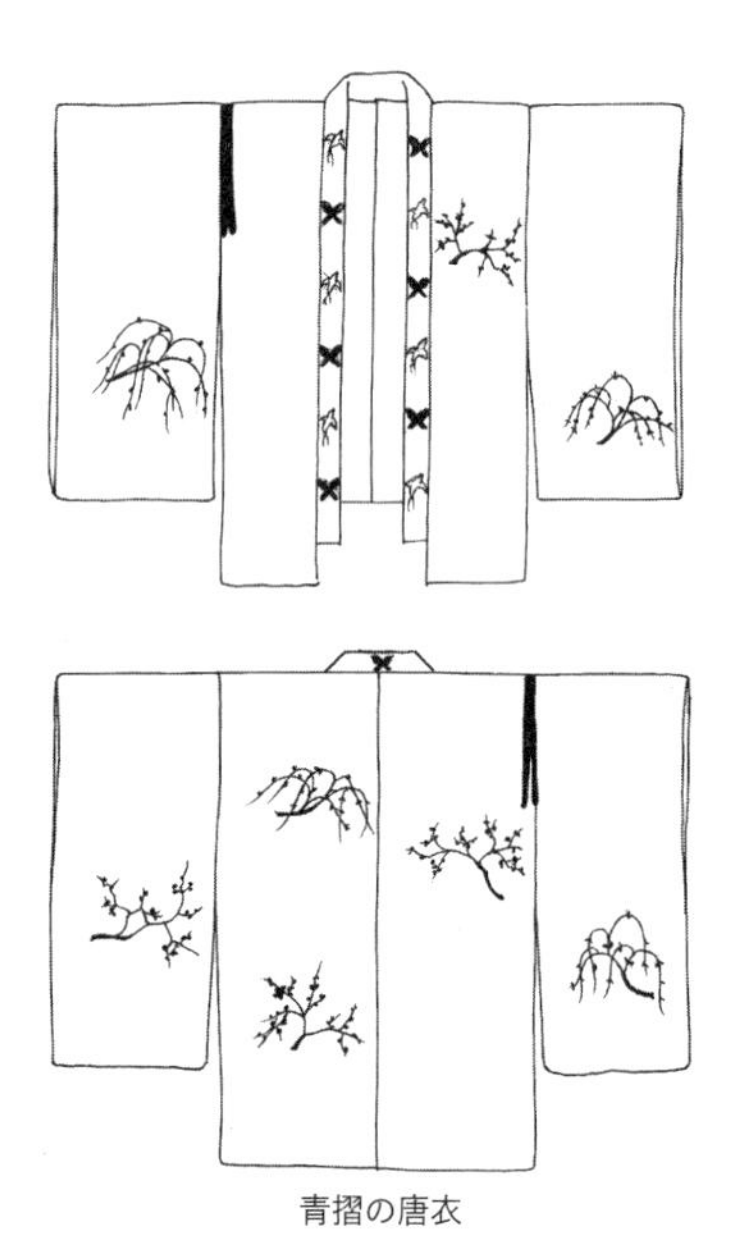
青摺の唐衣

中丑の日――赤色織物唐衣・地摺裳（じずりのも）
中寅の日――青色麹塵（きくじん）唐衣・蘇芳末濃裳（すおうすそごのも）
中辰の日――羅（ら）青摺唐衣・蘇芳日染裳（すおうめぞめのも）

と記されています。

さて、『紫式部日記』に寛弘五年中丑の日（一一月二〇日）から中卯の日までの様子が詳しく記されていますので、順を追ってみてみることにしましょう。

中丑の日、五節舞姫は藤原実成（さねなり）、藤原兼隆、藤原中清（なかきよ）、高階業遠（たかしなのなりとう）が献上した舞姫や介添えなどの容姿を「実成の舞姫は思いなしかモダンで一味ちがう。兼隆の樋洗（ひすまし）（トイレ掃除係）はきちんとしていて鄙（ひな）びている。中清の介添えは身長もほとんど同じで、都会的で格好が良い。他にひけをとらない」と評しています。

加えて、彰子は実成からは舞姫の装束を、兼隆からは舞姫の日蔭鬘（ひかげのかずら）（物忌（ものいみ）のしるしとしてつける白色の組糸。三一頁図参照）を所望されたので与えたとも記しています。

翌中寅の日の夜には、天皇の御前で行う「御前の試み」があり、彰子も若君（敦成親王）も同席しました。紫式部は億劫がって清涼殿に参上せずに中宮の局で休憩し、同輩たちの「混雑していて、あまり見えなかった」という話を聞いている矢先、道長がやって来て「どうして見にいかないのか。さあ、一緒に」と急き立てられ、しぶしぶ参上したそうです。よほど、大人数が集まるところが嫌いだったのでしょうか。

中卯の日の「童女御覧」で目にした女童については、「みな、すばらしい汗衫を纏い、容姿も整っているが、業遠の女童はそうではなかった。兼隆の女童はすらっと背が高く髪が綺麗だ」などと手厳しい記述もあり、紫式部の審美眼には一目置くところですね。

さて、宇多天皇（八六七〜九三一年。在位八八七〜八九七年）は息子の醍醐天皇（八八五〜九三〇年。在位八九七〜九三〇年）へ「毎年、五節舞姫を献上する費用は莫大であるので、公卿二人、殿上人一人、女御一人を選出し、娘がいない場合は替わりの者でも良い。一巡したら最初に戻る」という戒めを記した『寛平御遺誡』（八九七年）を残しました。

さらに、三善清行（八四七〜九一八年）は『意見封事十二箇条』（九一四年）において「大嘗会の舞姫は叙位されるが、新嘗会は叙位されないので辞退者が多く、今後は良家の子女二人を専任の舞姫にし、俸禄を支給し、節会の装束代も公費でまかない、一〇年後に叙位をして結婚させるか、希望により女蔵人か女房としてはどうか」と提案しましたが、却下されてしまいました。そのようななか、藤原実資は舞姫を四回も献上し、それは歴代一位の多さでした。

❖ファッションセンスを磨く

平安女子のファッションの眼目は、現在のキモノを全体的に大きくしたような形をした袿を重ね着し、「重色目」（口絵参照）と呼ぶカラーコーディネートを行うことでした。ちなみに、袿は御衣とも、衣とも呼ばれ、平安時代中期には、通常、袿は五枚重ねと定められていました。

しかし、『栄花物語』「若ばえ」の巻、万寿二年（一〇二五）正月二一日から二三日にかけて皇太后妍子主催の大饗では、女房たちは桜・柳・山吹・紅梅などの色の袿を一五枚から二〇枚も重ねていたと描写されています。特別な晴儀においても袿は六枚重ねとされていたことから、この大仰な重ね着ファッションは、父の道長を憤慨させ、さらには、兄の頼通が勘当されるという思わぬ方向へと発展していきました。

袿

袿の上には、砧で打って艶を出した打衣と豪華な二倍織物などで仕立てられた表着が着用されました（打衣も表着も袿と同じ形態）。

さて、重色目で装束を整えるとき、もっとも注意しなければならないことは、季節感の表現でした。重色目には四季の別があり、平安時代中期、中間色が爆発的に増加したため、原色の濃淡ではいい表せない色は、四季折々の草花になぞらえて命名されました。

たとえば、春は紅梅をはじめ、桜・柳・躑躅・山吹・藤など、秋は紅葉・萩・女郎花・桔梗・竜胆・菊などといった具合です。

さらに、紫色ひとつにしても赤みのあるものは杜若、青みがかっていれば桔梗、少し青みがかった薄い紫色ならば紫苑というように、微妙な色合いにも対応しています。また、桜と名付けられた色目なら、その花が咲く時期に着用すれば間違いがありませんから、草花になぞらえる命名法は優雅でありながら、実用的であるともいえるでしょう。色目の基礎知識を熟知することも、お洒落の度合いを高める手段といえます。

さて、清少納言が尊敬して仕えた定子のファッションをみてみることにしましょう。正暦六年（九九五）二月半ば過ぎ、定子の局に、東宮居貞親王の女御となった定子の妹原子（淑景舎女御。九八〇？〜一〇〇二年）が訪れました。そのときの定子の装いは、『枕草子』「淑景舎、東宮に」の段に、

「紅の打衣の上に紅梅の固紋や浮紋の御衣（袿のこと）などを三枚重ねて召されている。『紅梅には濃い紫色の衣（袿のこと）が綺麗に合うけれど、季節はずれで着ることができないので残念……けれど、萌黄色（青と黄色の中間色）の衣などは好きではないから。紅梅は紅の衣に映えないかしら』といわれるのだけれど、何も申し上げることができないほど、すばらしくお綺麗にみえる」

と、紅と紅梅色という同系色の袿を重ね着しています。定子は紅梅色が好みだったようですが、

季節感を重んじて濃い紫色との組み合わせを諦めました。さらに、萌黄色は好きではないといっていますが、一般的には自分の好みよりも、季節に合った重色目を選ぶことが最重要視されました。

ちなみに、紅梅色は五節のころ（一一中旬）から二月までの重色目といわれ、清少納言も、

「興ざめなもの。晩春、初夏（三、四月）、季節はずれにもかかわらず着られている紅梅襲の袿」
（「すさまじきもの」の段）

と、季節はずれは容認できないとピシャリといい放っています。

紅梅色は平安女子に人気のある重色目であるとともに、「木の花は」の段に「木に咲く花の中では、色の濃淡を問わず紅梅がよい」と記されているように、梅花自体も人気がありました。梅花は中国から伝来し、万葉人は白梅を、王朝人は紅梅を好みました。

つぎに、秋季の重色目をみてみましょう。「殿などのおはしまさで後」の段に、定子の父道隆が逝去した（九九五年）年の秋、定子のもとに源経房（九六九～一〇二三年）が訪れた折の女房たちの装束の描写があります。

「女房の装束は、裳や唐衣や、季節に合わせるよう心遣いが行き届いていた。御簾の端の隅から中を見ると、八、九人ほどの女房が、朽葉色の唐衣に薄色の裳、紫苑襲や萩襲の袿などの美しい装いで並んでいた」

と、朽葉色（赤みを帯びた黄色）・薄色・紫苑などの秋の色目で整えられた装束を垣間見た経房は、

「季節に合わせるよう心遣いが行き届いていた」と感服しています。

このようにファッションセンスの良し悪しは、季節の重色目で判断されるのです。それを物語るかのように清少納言は服具ごとに、「女の表着(うわぎ)は」の段に「薄色。葡萄染(えびぞめ)。萌黄。桜。紅梅。すべて、薄色の類(るい)」、「唐衣は」の段に「唐衣は赤色。藤。夏は二藍(ふたあい)（やや赤みのある藍色）。秋は枯野(かれの)（表黄、裏薄青または白の重色目）」、「汗衫は」の段に「春は躑躅(つつじ)（表白、裏紅の重色目）、桜。夏は青朽葉（表青、裏朽葉の重色目）、朽葉」と、お薦めの色目を列記しています。たゆまぬ努力によって色彩感覚を磨くことで、平安女子のファッションは優美なものになっていったのでしょう。

❖光源氏が選んだ女君の新春ファッション

『源氏物語』のなかで光源氏を取り巻く女性たちのほとんどは美人で、心映えも良く、ファッションセンスも抜群で、平安女子のお手本ともいえる人物揃いです。

彼女たちのファッションを「玉鬘(たまかづら)」の巻、「正月の衣(きぬ)配り」からみてみましょう。

光源氏は三五歳のときの年末に、紫の上同席のもと、六条院や二条院に住まう光源氏ゆかりの女性たちに正月用の装束を選んで贈りました。そのとき、紫の上が、「どれも見劣りのしないすばらしい服具ですが、着る者の器量に似合うように選ばれるべきです。服具と器量が合わないのはみっともないですから」というと、光源氏は、「それとなく、他の人たちの器量を想像しようというつもりなのですね。それでは、あなたは、どれを着ますか」と答えます。光源氏と紫の上が住んでいる六条院は、上級貴族の邸宅の四倍もの敷地を有する大邸宅で、春の町には紫の上、夏の町には花散里、秋の町には秋好中宮、冬の町には明石の君が住んでいましたが、互いに顔を合わせたことはなく、ほかに住む女君たちも同様でした。そのため、紫の上は光源氏が選ぶ装束から、彼女たちの容姿を想像しようとしたわけです。

まず、紫の上（二七歳）に光源氏は「浮紋のある紅梅色の表着に、葡萄染の小袿を合わせ、今様色（紅梅の濃い色）の袿」を選び、春のさきがけの色目である紅梅色に、同系色の葡萄染に流行の今様色を加えて目新しさを表現したようです。やはり、紅梅は春の色目として大人気ですね。

つぎに、光源氏にとってはただ一人の娘で、当時七歳になっていた明石の姫君には、「桜襲（表白、裏赤か濃紫色の重色目）の細長、艶やかな掻練襲（表裏ともに紅色の重色目）の袿」を選びました。紫の上同様、同系色の組み合わせですが、桜襲を加えて、若々しく、華やかな春の装いに整えたと考えられます。

玉鬘（二二歳）には「赤色の表着、山吹の花の色の細長」と艶やかな色合いの装束を選んでいますが、赤と黄の配色は、平安時代には若い女性を際立って見せる色目とされていました。未婚の玉鬘にはぴったりですね。

夏の町に住まい、夕霧の母親代わりを務めていた花散里には「海賦文様のある浅縹色（薄いコバルトブルー）の表着、光沢のある掻練襲の袿」が贈られることになりました。浅縹とその対極の光沢ある濃い紅色との配色は斬新ですね。

さて、容姿では他の女性と比べて劣る末摘花には「由緒ある唐草模様を織り出した優雅な柳襲（表白、裏青）の織物の表着」を選んでいるのですが、それを見た紫の上が「とても優美な表着を末摘花に贈ることに人知れず苦笑した」と記されていますから、彼女の器量については光源氏から聞いていたのでしょう。なぜなら、以前、彼女から光源氏に届けられた正月用装束は、「流行している今様色ではあるが、我慢できないほど艶のない古めかしい直衣で、裏も同色で平凡、極まりない。あきれたことだ」（「末摘花」の巻）と記されていますから、最先端のファッションセンスは持ち合わせていなかったようです。かねてより、光源氏は末摘花のファッションセンスの悪さには呆れかえっていたようで、「末摘花」の巻に一夜を共にした翌朝、目にしてしまった彼女の装いは、

「聴し色（禁色以外の色。ここでは薄い紅色）のひどく古びて色あせた一襲に、何色かわからないほど黒ずんだ袿を重ね、さらに香をたきしめた黒貂の皮衣を着ていた。皮衣は古風な由緒ある装束だが、若い女性には似つかわしくない。ただ目立って異様だった。しかしながら、この装いでなければ、寒さに耐えきれないと思える顔色だったので、光源氏は気の毒にと思ってみていた」

とあります。黒貂（黒テンのこと）は渤海国（中国東北地方の東部）からの輸入品で高級品ではありましたが、平安時代中期には皮衣を着ることはなくなり、流行遅れもいいところでした。

冬の町で慎ましく住まう明石の君には「梅の折枝、蝶、鳥など白い浮紋のある表着、濃い紫色で光沢のある袿」で、青から紫にかけての上品な配色でまとめられています。年齢は二六〜二七歳で、紫の上とかわらないのですが、地味で、落ち着いたコーディネートになっています。最後に、尼となって二条院で静かに暮らしていた空蝉には、「青鈍色（青みを帯びた薄墨色）の表着、梔子色（クチナシで染めた鮮やかな黄色）」と聴し色を合わせて、正月の華やかさを醸し出しています。

このように光源氏は、一人一人に心を尽くした春の色合いの装束を選んだあとに、

「器量を考えて装束を選ぶのは止めにしましょう。贈られた人も気分が良くないでしょう。どんなにすばらしく仕上がった装束でも、物には限りがあります。人の器量は醜くても深さのあるものですから」

と、真の美しさは容姿の美醜ではなく、心根の美しさにあると達観したかのように締めくくっています。

❖ひそかに漢籍を学び、教養を高める

『土佐日記』の冒頭が「男のすなる日記といふものを、女もしてみむとてするなり（男性が書く日記というものを、女性と仮定して仮名で書いてみることにしよう）」ではじまるように、男性の日記は漢文で書きますが、女性は仮名で読み書きをするのが常でした。

しかし、なかには優れた漢才を持った女性がいました。有名な二人を紹介しましょう。

一人目は醍醐天皇の皇女勤子内親王（九〇四～九三八年）で、父帝崩御後、漢字に興味を持ち、漢詩文を読みこなすために再従兄弟にあたる源順（九一一～九八三年）に、参考書となる『倭名類聚抄』の編纂を依頼しました。その序文に勤子みずから「高位高官に就こうと思う者は、漢籍を修めることとです」と記しているほどですから、男性社会では漢才に秀でていることが重視されていました。

二人目は高階貴子（?～九九六?年。藤原道隆の正妻。儀同三司とも呼ばれた）です。彼女は円融天皇に仕え、高内侍と呼ばれ、本格的な漢詩人で、清涼殿で行われる詩宴には漢詩を献上したということです。並の男性よりも優れているとの評判でした。

貴子は女性漢詩人の第一人者といえる存在で、娘の定子にも漢籍教育を行っていたようです。たとえば、『枕草子』に定子が『白氏文集』の一節「香爐峰雪撥簾看（香爐峰の雪は簾をかかげて

みる)」を清少納言に問いかける場面があります。

「雪がとても高く降り積もり、いつもとは違って御格子を下ろしたままで、炭櫃(角火鉢)に火をおこしている。中宮様の側近くに、大勢の女房たちが集まり、中宮様が『少納言よ。香炉峰の雪は、どうであろうか』とおっしゃったので、女房に御格子をあげさせて、私が御簾を高く巻き上げたところ、中宮様はわが意を得たようににっこりとされた」(「雪のいと高き降りたるを」の段)

とあり、清少納言の機知に富んだ行動には目を見張るものがありますが、同輩の女房たちには漢才をひけらかしていると不興を買ったようです。紫式部も「清少納言ときたら、得意顔でとんでもない人だったようですね。あそこまで利巧ぶって漢字を書き散らしているけれど、よく見ればまだまだ足りない点だらけです」と好ましい感情を抱いていません。

ちなみに、『白氏文集』は八四五年に完成した白居易の詩文集で『長恨歌』や『琵琶行』などが収められ、日本へは承和年間(八三四~八四八年)に伝来しました。具平親王(村上天皇の第七皇子。九六四~一〇〇九年)は自注に「わが国の文人や才知ある人は『白氏文集』を規範とすべし」と記し、『枕草子』の「書は」の段で「漢詩文の書物は文集(白氏文集)」と記しているほど愛読されました。

さて、紫式部の父藤原為時は漢詩人として有名で、息子の惟規には幼いころから漢籍を教授していました。惟規が覚えきれずに、暗誦できなかったりしているのに、皮肉なことに側で聞いている紫式部がスラスラと暗誦できるようになってしまったのでした。父に「残念だな。お前（紫式部）が息子でないのが、私の運の悪さだ」といわしめるほどでした。当時、漢籍の学習法は暗誦することで、

「大通りに近い家の中にいると、牛車に乗って行く人が、有明の月の風情に、牛車の簾をあげて、『遊子（旅人）なお残りの月に行く』という漢詩を美しい声で吟じているのもいいものだ」

（『枕草子』「大路近なる所にて聞けば」の段）

と、藤原公任撰『和漢朗詠集』「佳人尽ク晨粧ヲ飾ル、魏宮ニ鐘動ク、遊子ナホ残月ニ行ク、函谷ニ鶏鳴ク」の一節を道行く人が唱えている様子が記されています。

清少納言に対して紫式部は漢才があることを隠していたようで『紫式部日記』に、

「左衛門の内侍は、帝が『源氏物語の作者は日本書紀を熟読している』と話されたのを鵜呑みにして、私に『日本紀の御局』などと、あだ名をつけるのです。……ある人が『男ですら、漢文の素養を鼻にかけた人はどうでしょうかね。みなぱっとしないばかりとお見受けしますよ』というのを聞いてから、私は『一』という字の横棒すら引いていません。昔読んだ漢詩に目もくれないようにしているのに、左衛門の内侍の発した噂が広まり、皆から毛嫌いされるのではないかと心配でなりません」

と記し、女房たちから仲間はずれにされないかと心配しています。寛弘五年の夏ごろから彰子に『白氏文集』のなかの「新楽府」を進講するようになりましたが、他の女房たちが側に侍っ

ていない合間を縫って行うほどの気の使いようでした。

紫式部の漢才は『源氏物語』のなかに遺憾なく発揮されます。「桐壺」の巻に、

「絵に描かれている楊貴妃の容貌は、どんなに上手な絵師でも描くことはできない。『太液の芙蓉、未央の柳』の句にもなるほど似ていたのだろうが……帝と桐壺更衣二人の朝夕の口癖に『翼をならべ、枝を交はそう』と約束されていたのに」

とありますが、これは玄宗皇帝と楊貴妃の悲恋を描いた『長恨歌』の一節「太液芙蓉未央柳」、「在天願作比翼鳥（天に在りては、願わくば比翼の鳥と作り）在地願為連理枝（地に在りては、願わくば連理の枝と為らん）」を和文化したものです。密やかに漢籍を散りばめるなんて、なかなか心憎いですね。

余談ですが、平安女子の遊びに「偏つぎ」といって、漢字の旁に偏を付けて文字を完成させるものがあります。幼少のころからゲーム感覚で漢字を覚えていったのかもしれません。

連理の榊（京都下鴨神社）

Ⅳ 夢見る結婚

❖平安女子が語るイケメン

平安時代の美形男子の名を一人挙げるとしたら、誰を思いつきますか。光源氏と答える人が多いのではないでしょうか。

彼は生まれながらの美形で、この世にないような美しい玉のような男の子として誕生しました。長じて、さらに磨きがかかり、多くの女性を虜にしていくのでした。

『源氏物語』「紅葉賀」の巻において頭中将と二人で舞楽「青海波」を舞う姿は圧巻で、

「朱雀院への行幸は一〇月一〇日過ぎとなった。藤壺中宮が御覧になれないので、試楽を催した……頭中将は容貌も心遣いも人より優れているが、光源氏と立ち並んでは、やはり花のかたわらの深山木というほかない」

と、光源氏の端整な顔立ち、気質の素晴らしさを物語っています。

美形男子の代表が光源氏という概念は平安

青海波の舞姿

時代後期には定着していたようで、『平家物語』では平清盛の孫である平維盛は「光源氏の再来」と賞されるほどの美形だったといわれています。後白河法皇（一一二七〜一一九二年。在位一一五五〜一一五八年）の五十の賀宴で、烏帽子に桜と梅の枝をかざして「青海波」を舞ったことから「桜梅の少将」と称されました。

さて、『源氏物語』が映画化、あるいはドラマ化されるたびに、細面の顔立ちをした俳優が演じていますが、『源氏物語絵巻』の「柏木三」の巻にみる光源氏は引目鉤鼻の容貌で描かれています。夕霧も柏木も、みな同じように描かれているのです。

笛を奏でる男性

それでは、なぜ、光源氏が当代第一の美形といわれたのでしょうか。それは、平安貴族の教養科目であるといわれた書・和歌・雅楽の才に長けていたからに他なりません。光源氏は、これら三つの教養を人並み以上に身につけていました。

ところで、光源氏のような美形は実在したのでしょうか。光源氏のモデルとして最有力視されているのが、嵯峨天皇の第一二皇子・源融（八二二〜八九五年）という人物です。彼が、東京極大路と六条大路が交差する所に営んだ別業（別荘）「河原院」は、光源氏が造営した「六条院」のモデルとされています。一般貴族の邸宅の四倍もある四町四方（東京ドームの一・五倍）の大豪邸だったそうです。

『伊勢物語』にも「賀茂川のほとりの六条大路にある源融邸は、たいへん趣深く造られていた」と語られています。庭には陸奥国（現岩手県）の塩竈の浦の塩焼き風景が再現され、難波江（現大阪市付近の海辺の古称）から毎月三〇石（約五四〇〇リットル）の海水を運ばせて、塩焼きを楽しむという徹底ぶりでした。

六条院の庭も趣向を凝らしたものでしたから、紫式部も当然のことながら『伊勢物語』を熟読していたのでしょうね。ちなみに、道長も光源氏のモデルであるともいわれています。

さて、清少納言は美形男子を目にしたことがあったのでしょうか。定子の兄の伊周を几帳のほころびから垣間見たことは既述のとおりですが、父である道隆も、たいへんな美形でした。

道隆は有名な大酒豪で、飲み友達の藤原済時（宣耀殿女御の同腹兄）と藤原朝光（兼通の息子）の三人で賀茂祭の斎院還御の行列を見物に出かけたときのことが『大鏡』に記されています。

「牛車のなかに酒を持ち込み、深酒をして前後不覚となった三人は、牛車の前後の簾を巻き上げて、こともあろうに冠を脱ぎ捨て髻が露わになった酔態であった」

とあり、平安男子は成人すると、いかなる場合でも冠あるいは烏帽子を着けておかなければなりませんが、よほど度を超した酒量であったのでしょう。しかし、酔い醒めも見事に早く、さっと髪の乱れを直し、冠を着けると、たいへん美しい容貌になったとも記されています。

道隆は臨終を迎えたときも、介添えの者が極楽浄土があるという西方を向かせて「お念仏をお唱えなさいませ」と勧めたのに、「済時や朝光は極楽浄土にいるだろうか」と先に旅立っていた飲み友達の名を挙げたというのですから、無類の酒好きだったのですね。

道隆の長子である道頼も父親譲りの美形で、まるで絵から抜け出たように美しく、異母兄弟(伊尹(これまさ))に似ず、軽妙洒脱でおもしろみのある人物だったそうです(『大鏡』)。

『枕草子』「淑景舎(しげいさ)、東宮に」の段に、

「山の井の大納言(道頼)は、中宮様と異母姉弟であるのに仲良くされている。明るく、容貌の美しさは伊尹大納言以上なのに、世間では正妻の子でないためか、しきりに伊尹様たちより劣っているといっているが、気の毒なことである」

と記され、その美形ぶりが想像されます。

余談ながら、道隆、道長が美形であったのに対して同母兄弟の道兼については、『栄花物語』「さまざまのよろこび」の巻に「顔色が悪く、毛深く、醜い容姿であった。老獪で男らしいところもあるが、なんとなく恐ろしく感じられるほど、意地悪く、口やかましい。陰険なところがある。長幼の序もわきまえず、いつも兄の道隆を諭しているところもあった」と、醜い容姿に加えて性格も悪いと記され、みなに嫌われていたようです。

❖素敵な男君に見初められる

平安時代、男女の出会いのきっかけは一方的に男性による「垣間見（隙き見ともいう）」と呼ばれる方法でした。垣間見とは物の隙間から、こっそり覗くということで、男性は噂や評判で聞いた姫君の姿をなんとか、この目でみたいと願っていたのです。

その様子は、『源氏物語絵巻』「竹河二」の巻から窺い知ることができます。

弥生三月、桜が盛りと咲く玉鬘邸では囲碁に興じる年頃の姫君二人（玉鬘の娘の大君とその妹）と侍女たちの四人、そして妻戸の隙間から屋内を覗く男性の姿が描かれています。

この男性はかねてより大君に熱心にプロポーズしている夕霧の息子の蔵人少将で、恋する大君の姿を一度も見たことがなかったのです。友人である藤侍従の君（玉鬘の五男）の手引きで、夕暮れ時、姫君たちが囲碁に熱中するあまり、御簾を巻き上げていたところを垣間見ることに

妻戸
（『源氏物語絵巻』竹河一の巻より）

成功したのでした。蔵人少将は垣間見したことで、いっそう恋心を募らせますが、大君は退位していた冷泉帝の妻となり、この恋は成就しませんでした。

友人宅とはいえ、他人の家の中を覗くなんて無礼極まりないことのように思えますが、礼節を堅く守る女性たちの容姿を見るためには、このような手段しかなかったのです。

光源氏も垣間見によって若紫（のちの紫の上）と巡り会っています。光源氏が一八歳になった三月下旬のことで『源氏物語』「若紫」の巻によると、

「惟光だけを連れて、小柴垣（こしばがき）のある山荘の中を覗いてみた……女童が数人遊んでいる。その中に一〇歳ぐらいの抽んでて可愛く、将来、どんなに美しくなるだろうと思われる女童がいた……こんな子供に惹かれるのは、恋しい藤壺中宮に似ているからだと気付いた光源氏の目には涙が溢れ、熱く頬を伝った」

とあり、ひときわ可愛く、恋い焦がれる藤壺中宮に瓜二つの若紫を目にしたのでした。先にも記したように、光源氏は若紫を引き取り、養育したいと懇願するのですが、同居する祖母の尼君にやんわりと断られてしまいます。その後、尼君が亡くなったのを機に、若紫を連れ出し、二条院に住まわせるという暴挙に出たのでした。ちなみに、二条院への転居の準備などを整えたのは、頼もしい乳母子惟光だったのです。

さて、偶然の出会いが、玉の輿につながる場合もありました。

その一例として、『今昔物語集』に収められている、藤原高藤（たかふじ）（藤原北家嫡流の藤原冬嗣（ふゆつぐ）の孫。

八三八～九〇〇年）と宮道列子（山城国宇治郡大領宮道弥益の娘。?～九〇七年）の出会いをみてみましょう。

高藤が一五か一六歳のときに、京外の山科の里に鷹狩りに出かけていたところ、急な雷鳴と風雨に見舞われ、近くにあった宮道弥益邸に一夜の宿を請いました。ここで、一三～一四歳くらいの愛らしい美少女列子と出会い、将来を約束して一夜の契りをかわしたのでした。翌日、都に戻った高藤は父の良門から遠出を厳禁され、その後、長らく音信不通となっていました。

ようやく、六年後、弥益邸を訪れ、列子と再会するのですが、彼女のそばには、あの嵐の夜に授かった娘の胤子（?～八九六年）がいたのです。彼は母子を都に迎え、長じて胤子は入内して宇多天皇の女御（承香殿女御）となり、のちの醍醐天皇をふくめ四男一女に恵まれたのでした。

都の貴公子が人里離れた地で鄙には稀なる女性と巡り会い、その女性との間に生まれた女児が女御や中宮となって男児を出生し、長じて天皇となるというストーリーが実際にあったのです。

紫式部は『源氏物語』のなかで、光源氏が隠棲した播磨国（現兵庫県）明石で巡り会った明石の君のストーリーとして展開させました。

明石の君は受領の娘で、光源氏の夫人のなかでは身分が低く、いわば身分違いの結婚でした。明石の君が出産した姫君（のちの明石中宮）は養女として光源氏に引き取られ、東宮妃（皇太子妃）となって四男一女をもうけ、子供の一人は東宮となったのでした。

このように、ハッピーエンドとなれば良いのですが、柏木と女三の宮のように互いに心を通わせながらも成就しない恋もありました。

ちなみに、柏木がかねてから思いを寄せていた女三の宮の容貌を目にしたのは、彼女が光源氏に降嫁した後のことでした。三月頃、六条院において兵部卿宮も柏木も参加して蹴鞠が催され、その最中に唐猫が御簾を引き開けてしまうというアクシデントに見舞われたのです。御簾の内には、蹴鞠を見物している女三の宮がおり、柏木は彼女を垣間見てしまうのでした。その後、二人は密会を重ね、女三の宮は柏木の子供（薫）を身籠もり、出産しました。罪の意識に苛まれた女三の宮は出家、その知らせを受けた柏木は重態に陥り、亡くなってしまうという悲劇的な結末となりました。

❖平安男子が求める理想の妻

『源氏物語』「帚木」の巻に、五月雨の夜、宿直を務める光源氏（一七歳）のもとに頭中将（二〇歳）、藤式部丞、左馬頭の三人が訪れ、理想の女性を語り合う場面があります。「雨夜の品定め」と呼ばれるくだりです。

まず、頭中将は貴族の女性を家柄や身分で上の品、中の品、下の品の三つにランク付けしました。上の品は容姿、性格、家柄も完璧な女性で皇族や大臣の娘が相当するけれどもめったにいない、中の品は受領などの娘で、意外に個性があって魅力的な女性がいると話し、身分の低い女性を下の品と位置づけました。

それを聞いた左馬頭はランク付けや容貌の良し悪しは別にしてと前置きし、真面目で素直な性格の女性を妻にすべきであると話し出しました。さらに、夫に恨み言ひとつもこぼさず賢女ぶったり、夫とはとっくに疎遠になっているのに、わざわざ家出するような女性は妻にすべきでないと結論づけ、みなも同調しました。

さて、女性談義が進み、いよいよみずからの体験談を披露することになりました。

左馬頭は二人の女性体験談を繰り広げ、一人目は「指喰(く)いの女」の話で、彼の出世を夢見て、辛い浮気心も我慢して絶えてきた糟糠の妻でしたが、異常なまでのやきもち焼きで、口論の末、左馬頭の指を一本引っ張って噛みついたというのです。もう一人は指喰いの女と同時期に通っていた「木枯らしの女」の話です。神無月(かんなづき)(一一月)の美しい月夜、内裏を退出して牛車に乗ろうとすると、ある殿上人と行き合わせ、同乗させることにしたのですが、訪ねる先は二人とも同じ女性の邸だったというのです。琴や和歌は上手だったのですが、浮気性だったというわけです。

つぎに、頭中将が「馬鹿者の話をひとつしよう」と前置きして、語り始めました。親と死別して寄る辺のない女性で、子供も儲けたのですが、訪ねることも少なくなり、さらには、彼の正妻からも嫌がらせを受け、ついには子供ともども姿を消してしまいました。その女性こそ、光源氏が後に出会う夕顔とその娘の玉鬘だったのです。

　頭中将にせかされて藤式部丞が口を開きました。藤式部丞が文章生（大学寮で紀伝道を学ぶ学生）であったころのことです。


「ある博士のもとに弟子入りした。博士には大勢の娘がおり、そのなかの一人と接近すると、親の博士が二人の関係を知って白居易の『わが両つの途歌うを聴け』を詠じ、結婚を迫ってきた。……その娘の手紙は仮名文字を交ぜない、見事な漢詩文であった」


とあり、文章博士の娘ですから漢籍も嗜み、その漢才が鼻についたのでしょうね。「かしこき女」と名付け、無学な自分には恥ずかしく思われたと述べました。

　三者三様の体験談をみていると、当時の結婚形態が一夫多妻制であったとはいえ、男性の身勝手な理想の妻像といえそうです。

『新猿楽記』（藤原明衡著。一〇五三～一〇六五年頃成立）にも右衛門尉の三人の妻のことが、

一、正妻は右衛門尉より二〇歳も年上で、妻の両親の経済力に頼って出世を遂げたが、熟年（妻六〇歳、夫四〇歳）になった今は、年の差婚であったことが悔やまれる。嫉妬深く、他の妻の所に通うと毒蛇が首をもたげたように凄い剣幕となる。多くの子供がいるので別れることができない。
二、次妻は右衛門尉と同い年。中国の美人の代表である西施（王昭君、貂蟬、楊貴妃と並ぶ中国

四大美女の一人）ほどではないが不美人ではない。自己主張をせず、夫に従順である。加えて、裁縫・染め物・織物・糸紡ぎが上手い。烏帽子や狩衣などの夫の装束は、常に行事に合ったものを用意してくれる。

三、三番目の妻は一八歳。右衛門尉より二一歳年下で、強い政治力のある親戚を持ち、妖艶である。

と記されています。年長の妻の財力に頼って栄達を遂げると、裁縫上手な同い年の次妻、そして、若い三番目の妻と巡り会うという、男性からすれば都合のよい妻たちだったということです。嫉妬深い正妻は嫌われていますが、その財力は魅力的だったのでしょうね。

さらに、藤原朝光は醍醐天皇の孫にあたる女性と結婚しておきながら、離縁までして源延光（のぶみつ）（九二七〜九七六年）の老寡婦を妻にしました。彼女はかなり年上で、色黒で、額にあばたがあり、髪も縮れ、容貌も劣っていました。

しかし、朝光の装束から身の回りの品々も立派に整え、下にも置かぬ気遣いをし、従者にいたるまで装束を与え、毎日のように酒を飲ませたり、ご馳走をしていたそうです。ある日、朝光が元の妻に会いたくなり、彼女の住まいに行くように牛飼（うしかい）や従者に命じても、後妻からの心遣いをありがたく思っていた彼らは、誰一人、いうことを聞かなかったということです。元の妻の出自も容貌も申し分なかったのですが、財力が乏しかったための離縁だったのです。世の人々は、延光の老寡婦との結婚は財産目当てにちがいないと噂し、朝光は、たいへん評判を落としました。

❖裁縫と染め物上手は妻としての最強のスキル

「雨夜の品定め」で、左馬頭が巡り会った「指喰いの女」は嫉妬深いのが難点でしたが、「染め物は竜田姫も顔負け、裁縫は織姫にも負けない抜群の腕前であった」と語っています。平安女子にとって裁縫と染め物が上手くこなせることが、妻として最強のスキルとして求められていたのです。既述のように、『新猿楽記』に記された右衛門尉の次妻も「裁縫・染め物・織物・糸紡ぎが上手い」と特筆されるほど、他の二人の妻よりまさっており、それが重要であったことがわかります。

歌人として名高い道綱母も、裁縫も染め物もたいそう上手かったことが『蜻蛉日記』から推察できます。たとえば、兼家二九歳、道綱母二一歳くらいと考えられる天徳元年（九五七）七月の相撲節会（すまいのせちえ）のころ、兼家が足繁く通っていた町の小路の女から「これをお仕立てくださいませ」との文を添えて、兼家の仕立て直しの装束と新調用の生地が送られてきました。道綱母はいくら自分が裁縫が上手いとはいえ、兼家の無神経な依頼に「怒りがこみ上げてきて、目もくらむ思いがする」と記すほど立腹し、そのまま何もしないで送り返したそうです。その後、幾度も裁縫の依頼はあるものの、兼家の訪れは途絶えたままで、兼家の身勝手な振る舞いは続きました。天延元年（九七三）二月三日頃に兼家が道綱母のもとを訪れたとき、

「正午あたりに兼家が『方塞り』といって姿を見せた。私は年老いて恥ずかしい姿になってしまっていた。しかし、兼家は私が染めたからいうのではないが輝くばかりの桜襲で浮紋の下襲に、艶やかな固紋の表袴を着けた威風ある姿だった」

と、年老いた姿といいながら道綱母は三八歳くらいで、兼家四五歳でした。道綱母は桜襲の下襲を自画自賛するほど、染め物のセンスも良く、技法にも優れていたのでしょう。

　さて、富裕な貴族の邸宅には染織・縫製工場ともいえる組織が整備されていたようで、『宇津保物語』「吹上・上」の巻には紀伊国（現和歌山県）の豪族である神南備種松屋敷の様子が描かれています。それは六つの

裁縫に励む女房たち『源氏物語絵巻』早蕨の巻より

部署から構成され、

- 織物所（織物を織る）——織り手二〇人
- 染殿（染色を行う）——女性一〇人と女児二〇人
- 打ち物所（砧で絹を打つ）——女性五〇人と女児三〇人
- 張り物所（絹を板に張る）——女性二〇人
- 縫い物所（縫製を行う）——若い女性二〇人
- 糸所（糸を紡ぐほか、唐組や新羅組などの製作）——女性二〇人

とあり、邸宅の女主人の統括のもと総勢一九〇人もの人たちが働いていました。ここで製作された綾・錦・絹・綿・縑（織目を細かく固く織った絹布）などが、倉の中で天井に届かんばかりに積まれて保管されていたというのですから豪奢なものですね。

さて、『源氏物語』には裁縫と染め物が上手な二人の女性が登場します。一人は幼いころから光源氏に育てられた紫の上で、「須磨」の巻には、

「京では須磨からの使いがもたらした文によって、思い乱れる人が多かった。紫の上は起き上がることもできないほどの衝撃を受けていた……二条院では夏の装束を須磨に送ることにした。縑の直衣、指貫などが今までと変わって無紋であるのが悲しい」

とあり、須磨に隠棲した光源氏へ夏装束が送られました。もちろん、紫の上が手ずから整えたことはいうまでもありません。さらに、法要に出仕した僧侶の布施として法衣や袈裟まで仕立て、縫い目は非常に美しかったといいます（「鈴虫」の巻、「御法」の巻）。

もう一人は、性格は良いが、器量は劣ると光源氏に評された花散里で、染め物の才能は紫の上にもひけをとりませんでした。光源氏はもとより、惟光の娘が五節舞姫となったときは下仕の女房たちの装束や朧月夜の尼装束も手がけました。「野分」の巻には、母親代わりとなって養育した夕霧の装束を整えている様子が、

「台風一過、光源氏は花散里を見舞った。今朝の肌寒さに促され、花散里の御前で老女房たちが冬の装束作りに余念がない。真綿を広げている若い女房もいた。とても美しい朽葉色の羅や、見事な今様色の絹などが広げられていた。光源氏が『夕霧の下襲か』と尋ねると、そうであった。さまざまな染め物や織物の布が美しく、光源氏はこのような技術は紫の上にも負けないなと感じた。光源氏の直衣用の花文綾は、初秋の草花を摘んで薄く染め出したもので申し分ない色であった。『これは夕霧に着せたら良い色ですね。若い人には似合うでしょう』といって帰っていった」

と記され、更衣に備えて冬装束の仕立てに大忙しでした。光源氏は花散里の卓越した技術を高く評価し、晴の儀式などに着用する装束の製作を依頼していました。

平安時代、夫の装束を整えることは妻の務めとされており、それができないと離縁につなが

ったそうです。一例を挙げますと、『落窪物語』の落窪の姫君の異母姉妹のうち、三の君は夫である蔵人少将の装束を満足に用意できず、蔵人少将は立腹のあまり離縁を申し渡したそうです。

❖女子主導の結婚のセレモニー

平安貴族の結婚形態は一夫多妻制で、正式な妻を二～三人持ち、さらに何人もの側妻がいるのも稀ではありませんでした。たとえば、道長の父である兼家は正妻の時姫（藤原仲正の娘）のほか、道綱母、町の小路の女、源兼忠の娘、近江、保子内親王（村上天皇の皇女）、藤原国章の娘など十指にあまるほどの妻がいました。ただし、同居するのは正妻に限られ、他の妻たちは、夫の訪れを待つ結婚形態となりました。

『枕草子』「かたはらいたきもの」の段に、「苦々しい、ばつの悪いもの……しげしげと通ってこない婿が、内裏で妻の父である舅に出会っても、どうしてよいかわからず、はらはらする」と記されているように、待つ身の妻は辛いものですね。

さて、平安時代の男女の交際は、男性から女性へ和歌を中心とした懸想文を贈ることから始まります。プロポーズを意味する和歌の贈答では、女性からの返歌は自作のものではなく、側近の女房や母親などが代作するのが常だったようです。

初めて懸想文が贈られてくると、親族や乳母たちで「婿がね（やがて婿になるべき男性）」か否かを協議し、婿がねにふさわしいと判断されても、はじめはやんわりと断りの和歌を贈るのがしきたりでした。幾度も和歌の往還を繰り返して、両親の承諾を得た正式な結婚にいたります。
しかし、しきたりを破った例もみられ、兼家と道綱母との結婚は懸想文を贈る前に、兼家が父親の藤原倫寧に冗談交じりに娘との結婚を申し込んだというのです。父親は大賛成でしたが、母親は兼家にはすでに正妻がいることや、結婚へ至る作法を無視したことなどが不満で反対だったそうです。

一方、道長と倫子の結婚に関しては、『栄花物語』「さまざまのよろこび」の巻に、
「倫子のところに道長からの懸想文が届いたとき、父親の左大臣源雅信（宇多天皇の孫）は『なんと馬鹿馬鹿しい。もってのほかだ。まだ嘴の黄色い青二才なのに』と反対したが、母親の穆子は、常々、道長の行いを見ていて将来性があると判断し、夫の雅信を説得した」
とあり、穆子の尽力で結婚にこぎつけたのでした。道長二二歳、倫子二四歳のときのことで、妻が住まう邸宅土御門殿に通う「婿取婚」となりました。

さて、当時の婚儀の次第は、どのようなものだったのでしょうか。残念ながら、兼家と時姫、さらには、道長と倫子の結婚についても詳細な記録は残っていません。

そこで、道長の次男教通（当時一七歳）と藤原公任の娘（当時一三歳）との婚儀の次第を一一世紀末期に成立した儀式書『江家次第』（大江匡房著）と、『小右記』から探ってみることにしま

しょう。教通と公任の女の婚儀は、陰陽師の占いの結果、吉日とされた長和元年（一〇一二）四月二七日、公任の姉太皇太后遵子（九五七～一〇一七年）の四条第で挙行されました。

一日目――新郎から新婦へ懸想文が贈られる（昼頃に贈られることが多い）。

夜になると、松明を先頭に新郎が乗った牛車が新婦宅に到着する。牛車の前後には新郎の父から遣わされた付き添いをはじめ牛飼童（牛を駆使する者）や車副（牛車の左右について供をする者）などで行列が整えられた。新婦の近親者が紙燭（松根や赤松を棒状に削った照明具の松明）を持って出迎え、新郎方の火を移す。その火を御帳（寝室）の前や灯籠などに移し、三日目の露顕（所顕とも書く。披露宴のこと）まで三日間消さずに灯し続ける。新郎が履いていた沓は翌朝まで、新婦の両親が懐に入れて就寝する。その後、新婦が待つ御帳に新郎が入ると、母親が衾覆（寝具を掛けること）を行う。

紙燭　松明

二日目――朝になると新郎は帰宅する。帰宅後、すぐさま新婦に新郎からの後朝文（一夜を共に過ごした心持ちなどを詠んだ和歌）」が後朝使によって届けられる。新婦方では後朝使を酒肴で饗応、歓待する。教通の場合は右衛門佐藤原輔公が務めた。夜になると、前夜と同じことを繰り返す。

三日目――前二日と同じであるが、三日目の夜には「三日夜餅の儀」があり、新郎新婦に餅が供され、それを食する。その後、新婦の両親と対面し、両家の親族を交えた露顕が行われる。教通の露顕は吉日を選んで五月三日に行われた。

このように、三日夜餅の儀が行われたことで、正式な婚儀が整ったことになります。光源氏がこの儀を行ったのは葵の上、紫の上、女三の宮だけですから、この三人が正式な妻であったといえます。葵の上は四歳年上でしたが、紫の上と女三の宮はかなり年下の妻でした。

当時、摂関家においては教通と公任の娘の結婚のように一番目の妻は年上の場合が多く、二番目以降は、はるか年下の年の差婚が普通で、『源氏物語』のなかでも、そのような設定になっています。紫式部も二〇歳後半で結婚しましたが、夫の藤原宣孝は四五歳ほどで、親子ほどの年齢差があったそうです。

❖正妻と妾妻の格差

光源氏は、最初の正妻であった葵の上を夕霧出産直後に亡くしましたので、その後は幼いときから手元で育て、二条院で同居していた紫の上が正妻の立場にありました。

光源氏二六歳頃、須磨に隠棲することを決意するのですが、都を離れるにあたって身辺整理などの準備を始めました。『源氏物語』「須磨」の巻に、

「今の権勢に媚びることなく、誠心誠意、仕えてくれる者だけを選んで、家司（けいし）（家の事務を司る職員）とした……光源氏に仕えていた女房たちのことなど、万事、紫の上に任せることにした。荘園や牧場をはじめ、財産がぎっしり詰まった御倉町（みくらまち）や日用品を納めた納殿（おさめどの）の管理は、信頼している紫の上の乳母である少納言に家司をつけて当たらせることにした……夕霧の乳母や花散里たちには、数年の間、必要であろうと思われる品々を贈った」

と記されているように、紫の上に財産の管理を委ねたのでした。このように、正妻は北の方とも呼ばれ、夫の財産管理の権利を有していましたので、光源氏が須磨に隠棲している間も安穏に生活を送ることができたのでした。

夫に先立たれた場合も同居している正妻が主要な財産を相続し、その後の生活も保障されるのが平安時代の慣例となっていました。既述の源延光の老寡婦が良い例ですね。

一方、光源氏の須磨隠棲以前から疎遠となっていた末摘花は、父常陸宮を亡くしていることに加え、光源氏からの援助もなくなったため、屋敷は荒れ放題になってしまいました。その様子は『源氏物語』「蓬生」の巻に、

「浅茅（丈の短い茅）は庭の表面もみえないほど生い茂り、蓬は軒の高さに達するほど伸びている。葎（荒れ地や野原に繁る雑草の総称）で西門と東門が開かなくなってしまっている。崩れた築地塀は牛や馬が踏みならしてしまい、夏ともなれば牧童が放牧にやってくる……寝殿のなかも埃まみれになっているが、召使いもおらず、そのままの状態で末摘花は暮らしている」

と記され、狐が住み着き、梟の声も聞こえる薄気味悪い環境になっていたのでした。『源氏物語絵巻』「蓬生」の巻に、須磨から帰京した翌年の四月、花散里の邸に向かう途中、偶然、末摘花邸の前を通り、惟光の先払いで生い茂った蓬を掻き分けながら歩みを進める光源氏の姿が描かれているとおりです。

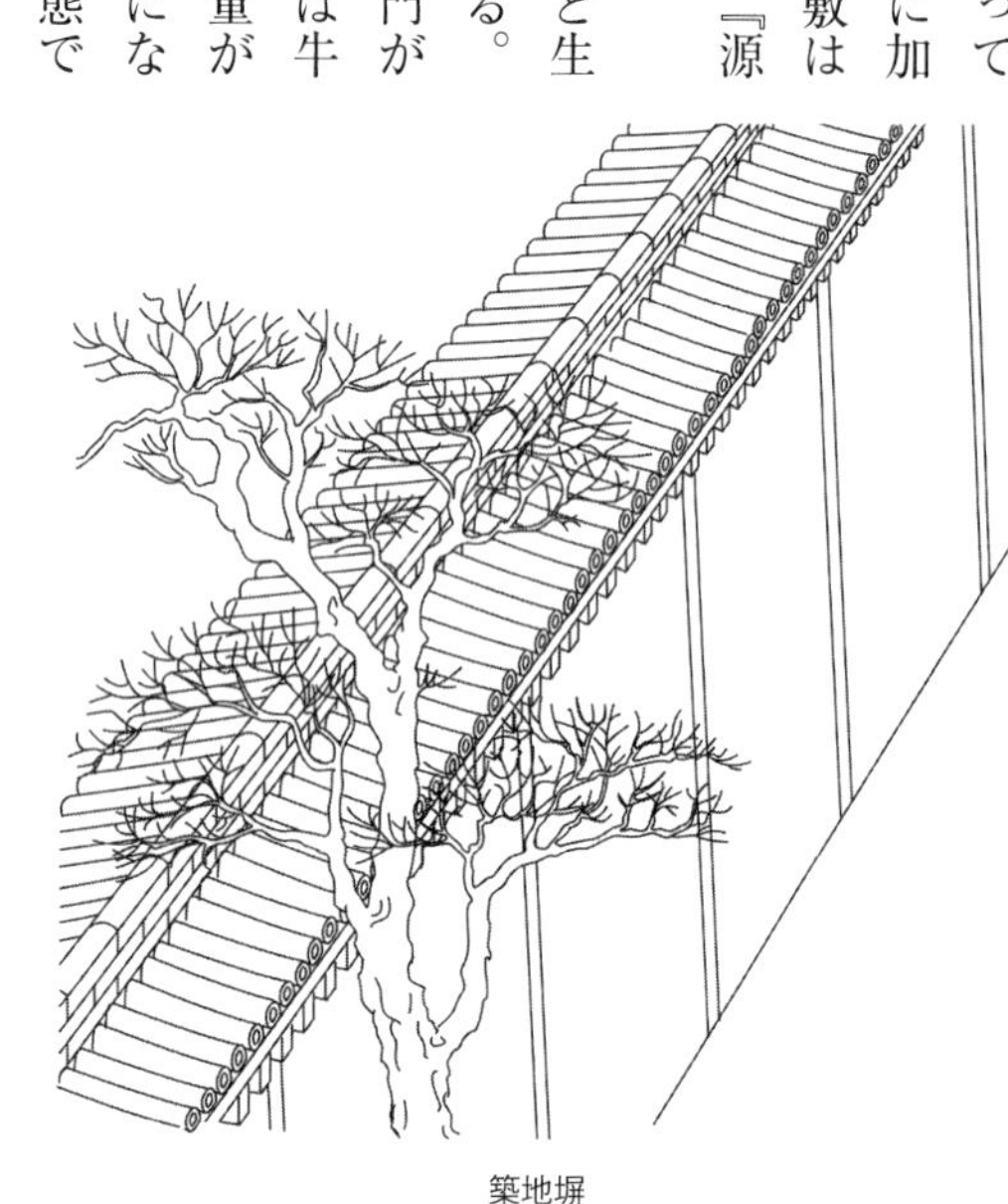

築地塀

とくに、築地塀を維持するためには、莫大な費用がかかりました。というのも、築地塀は土を築き固めた上に瓦の屋根を載せただけの構造ですから、風雨に弱く、崩れることが多かったのです。富裕な貴族は、その都度、補修を重ねて体裁を整えることができましたが、女性の一人住まいでは到底、無理だったようです。

『枕草子』「人にあなづらるゝもの」の段に「人に見下されるもの。築地塀の崩れていること」とあり、行き届かない築地塀を見ただけで、住人の経済状態がわかったのでしょうね。さらに、「女一人住む所は」の段にも、「女が一人で住んでいる所は、ひどく荒廃して、築地塀などもところどころ、傷んでいる」と記しています。

光源氏が理想とする女性には程遠い末摘花でしたが、彼女の生活を手厚く援助し、須磨から帰京した二年後には亡父桐壺帝が残した二条院に住まわせることにしました。

実際、夫の訪問が間遠になり、生活の不安を抱くようになった様子が『蜻蛉日記』に綴られています。道綱母が三五歳くらいの天禄元年（九七〇）二月、兼家は新造した東三条殿に転居することになりましたが、

「兼家は美しく、豪華に磨き立てた新邸（東三条殿）に、『明日移ろうか、いや今晩にしよう』と大騒ぎをしているようだけれど、私のほうは思っていたとおり、今までの所に居るほうが良いということが決まったようです」

と、同居できるのは時姫のようで、自分ではなかったことに落胆の色は隠せなかったようです。

その後も兼家は、たびたび道綱母邸の門前を素通りし、来訪は途絶えるばかりでしたが、

「七月一〇日過ぎになり、世の中の人はお盆の供え物の支度で忙しくしている。供え物は、長年、兼家の政所で用意してくれたのだけれど、もうやってくれないのだろうかと思っていると、いつものように供え物を調え、手紙をつけて送ってきてくれました」

と、忘れずに盂蘭盆（うらぼん）の供え物が届き、安堵した心情が記され、日々のくらしの用向きを頼っていたことがわかります。

三年後の天延元年（九七三）八月下旬には、ついに道綱母は兼家との結婚生活に終止符を打つことを決心しました。兼家が近江という女のもとに頻繁に通っているという噂を耳にして、業を煮やしたのでしょう。それに、ますます荒れ放題になるばかりの屋敷のことも苦になり、他人に譲って父が住んでいる広幡（ひろはた）中川（現寺町通荒神口）あたりに引っ越すことにしたのでした。

道綱母の例をみてもわかるように、同居できない妾妻の立場は、実に不安定なものだったのです。

V
天皇の后となる

❖父親の悲願は娘の入内

上級貴族の父親は娘が誕生したときから、将来は天皇の后とすることを夢見ていました。一条天皇の中宮となった彰子の祖父である兼家は四人の娘のうち、三人までを天皇、もしくは東宮に嫁がせました。

まず、安和元年（九六八）一〇月一四日、兼家は正妻の時姫所生の長女である超子（九五四～九八二年）を御匣殿別当として冷泉天皇の後宮に入内させることができました。このとき、兼家は蔵人頭（秘書官長で正四位下）でしたが、初めて公卿（三位以上の貴族）でない家の娘が女御宣下を受け、天延四年（九七六）二月五日には居貞親王が誕生し、めでたく天皇の外戚となることができました。

つづいて、天元元年（九七八）八月には次女の詮子（九六二～一〇〇二年）が円融天皇（九五九～九九一年。在位九六九～九八四年）の女御として入内し、二年後には懐仁親王（のちの一条天皇。九八〇～一〇一一年。在位九八六～一〇一一年）を出産するのですが、関白であった藤原頼忠（九二四～九八九年）の娘の遵子に中宮の座を奪われてしまいました。

遵子立后の日、弟の公任は兼家の邸宅である東三条殿の門前で「こちらの女御（詮子）は、いつ立后なさるのかな」と自慢げにいい放ったそうです。

天皇と藤原氏の関係

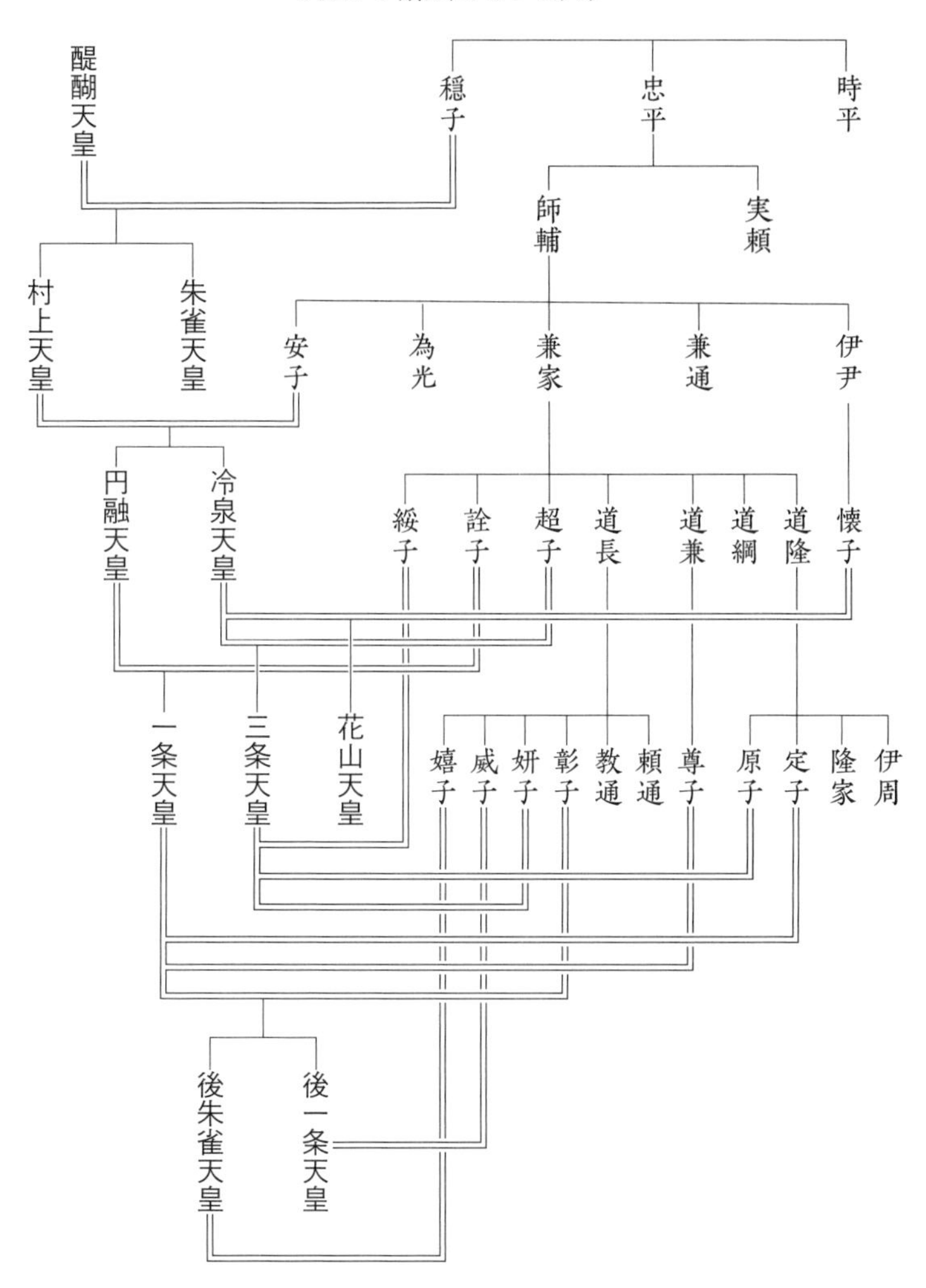

醍醐天皇
穏子
忠平
時平
師輔
実頼
村上天皇
朱雀天皇
安子
為光
兼家
兼通
伊尹
円融天皇
冷泉天皇
綏子
詮子
超子
道長
道兼
道綱
道隆
懐子
一条天皇
三条天皇
花山天皇
嬉子
威子
妍子
彰子
教通
頼通
尊子
原子
定子
隆家
伊周
後朱雀天皇
後一条天皇

しかし、遵子は皇子を出産することがなく、懐仁親王が即位すると、公任は詮子に仕える女房に「姉君の素腹（不妊）の后（遵子）はどちらにおいでになるのでしょう」と皮肉られ、先年の失言を、たいへん悔やんだそうです（『大鏡』）。懐仁親王即位により形勢は一挙に逆転し、詮子は皇太后に冊立され、東三条院という女院号まで宣下されました。その後、政治的にも強い発言力を持ち、一門の繁栄に寄与したのでした。

さらに、永祚元年（九八九）には三女の綏子（九七四～一〇〇四年。母は藤原国章の娘）を、甥で東宮となっていた居貞親王に嫁がせたのでした。しかし、綏子はふとしたことから居貞親王の寵愛を失い、以後、土御門西洞院の里邸に籠もるようになってしまいました。それは、『大鏡』によると、

「ある夏の日、東宮は綏子に『私を愛するならば、私が良いというまで持っていなさい』と言って、氷を手に持たせた。彼女は従順に、手が紫色に変わるまで持っていたことから、東宮は興ざめし、かえって心証を悪くした」

とあり、いいつけを守ったばかりに寵愛を失うだなんて、綏子の立つ瀬がありませんね。

さて、時は移り一条天皇の治世となりましたが、兼家の息子である道隆・道兼・道長の三兄弟も、父同様、娘を入内させることを悲願とし、熱心に取り組みました。

一条天皇には、道隆の長女定子（九九〇年入内）をはじめとして、道兼の長女尊子（九八四～一〇二二年。九九八年入内。一条天皇崩御後、一〇一五年に藤原通任と再婚）を、さらに道長の長女彰子

も入内（九九九年）して后となりました。

さらに、外戚の地位を盤石なものとするために、道隆は次女原子（九九五年入内）を、道長も負けじと次女妍子（一〇一〇年入内）を、将来、天皇の后となることを願って居貞親王に入内させたのでした。

以後、道隆は三女を敦道親王（冷泉天皇の第四皇子。九八一〜一〇〇七年）に、道長は三女寛子（九九九〜一〇二五年）を敦明親王（三条天皇の第一皇子。九九四〜一〇五一年）に、四女威子（一〇〇〇〜一〇三六年）を九歳も年下の甥に当たる敦成親王に、六女嬉子（一〇〇七〜一〇二五年）も甥の敦良親王（のちの後朱雀天皇。一〇〇九〜一〇四五年。在位一〇三六〜一〇四五年）に嫁がせました。よほど、多くの女児を授からなければ、為し得ることではありませんね。

光源氏も娘を入内させることを切望し、亡き六条御息所の娘を養女にして冷泉帝に入内させると娘は秋好中宮となり、明石の姫君は今上帝に入内して明石中宮となりました。二人とも光源氏という確固たる後ろ盾があればこそ中宮となれましたが、光源氏の母は父按察大納言と幼くして死別していたため、桐壺帝の寵愛は深かったものの更衣にとどまらねばなりませんでした。このように、天皇の夫人たちの地位は、すべて親の地位によって決定されるのでした。

- 中宮――――皇后・皇太后の総称。平安時代には皇后と同じ資格の后の称にもなった。
- 女御――――皇后・中宮に次ぐ天皇の夫人の地位。住まう殿舎の名によって区別された。

・更衣——本来は「便殿（天皇の休息のために設けられた御殿）」詰めの女官であったが、のちに天皇の寝室にも奉仕して女御に次ぐ地位に改められた。

・御息所——更衣に次ぐ天皇の夫人を示す。また、親王や内親王を出産した女性や、皇太子妃・親王妃も指す。

・御匣殿——もとは装束を裁縫する女官たちの局であったが、のちに御息所に次ぐ天皇の夫人を示すようになった。

以上のように五段階にランクづけされ、藤原氏の娘でも入内当初は女御という地位の者もいました。

❖后たちの住まい

平安京内裏の中心である紫宸殿の北には、天皇の后たちが住まう後宮の殿舎が連なっています。それらは、承香殿・常寧殿・貞観殿・麗景殿・宣耀殿・弘徽殿・登花殿の七殿と、昭陽舎・淑景舎・飛香舎・凝花舎・襲芳舎の五舎でした。后の地位が高いほど、天皇の住まいである清涼殿に近い殿舎が与えられ、殿舎の名を冠して承香殿女御、弘徽殿女御などと呼ばれました。

『源氏物語』には、七殿のうち弘徽殿と麗景殿、承香殿に局を賜った后が登場します。

清涼殿の北に位置する弘徽殿には、光源氏に敵対する右大臣の長女である女御が住まい、弘徽殿女御と呼ばれました。彼女は中宮にはなれませんでしたが、所生の皇子（のちの朱雀帝）が即位すると皇太后（国母）となり、弘徽殿大后と称されました。

光源氏は紫宸殿の左近桜を愛でる花宴の後、弘徽殿の細殿で思いがけなく出会った弘徽殿女御の妹である朧月夜と、塗籠（周囲を厚い壁で塗り込めた閉鎖的な部屋）で契りを結んだことが「花宴」の巻に記されています。将来、入内させようと考えていた弘徽殿女御が怒り心頭であったことは想像に難くありません。

もう一人の弘徽殿女御と呼ばれた女性は、冷泉帝に入内した頭中将の娘です。父の政治的思惑から左大臣の養女となって入内したことから、弘徽殿に住まうことが許されたようです。二人の弘徽殿女御は、ともに彼女たちより後に入内した女性が中宮となるという悲哀を味わっています。

ちなみに、弘徽殿は藤原基経の娘である温子（宇多天皇の女御。八七二〜九〇七年）と穏子（醍醐天皇中宮。八八五〜九五四年）の姉妹をはじめ、藤原実頼の娘の述子（村上天皇の女御。九三三〜九四七年）、藤原教通の娘の生子などが局としました。彼女たちの入内時の父の官位をみてみますと関白や大臣などの任にあった高位高官であり、頭中将が娘を左大臣の養女として入内させた背景が理解できます。

内裏殿舎配置図

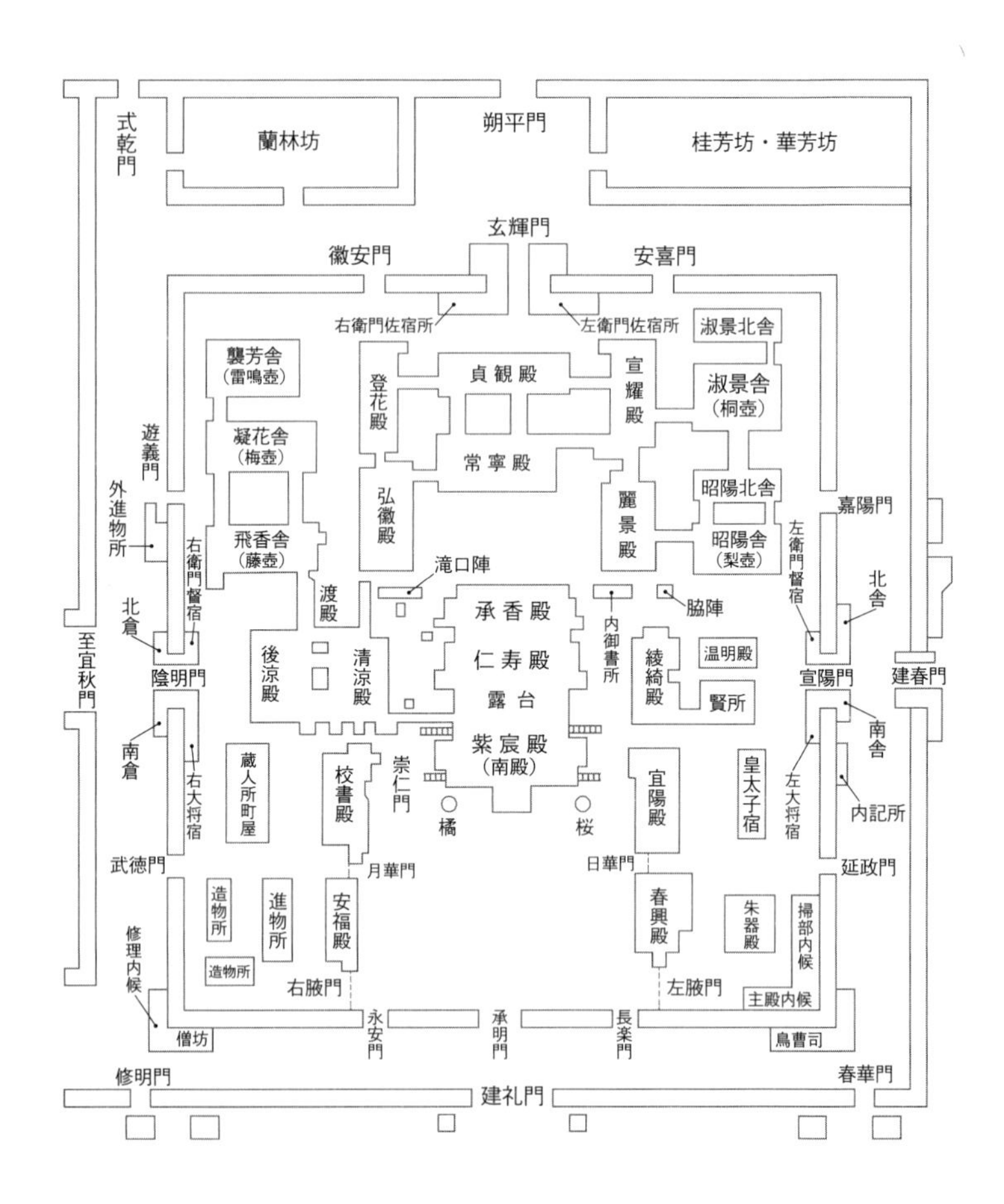

式乾門
蘭林坊
朔平門
桂芳坊・華芳坊
玄輝門
徽安門
安喜門
右衛門佐宿所
左衛門佐宿所
淑景北舎
襲芳舎
（雷鳴壺）
登花殿
貞観殿
宣耀殿
淑景舎
（桐壺）
遊義門
凝花舎
（梅壺）
常寧殿
外進物所
弘徽殿
麗景殿
昭陽北舎
嘉陽門
飛香舎
（藤壺）
昭陽舎
（梨壺）
右衛門督宿
左衛門督宿
滝口陣
北舎
渡殿
承香殿
内御書所
脇陣
北倉
至宜秋門
後涼殿
清涼殿
仁寿殿
綾綺殿
温明殿
陰明門
露台
宣陽門
建春門
賢所
南倉
紫宸殿
（南殿）
南舎
蔵人所町屋
校書殿
崇仁門
宜陽殿
皇太子宿
右大将宿
左大将宿
橘
桜
内記所
武徳門
月華門
日華門
延政門
造物所
進物所
安福殿
春興殿
朱器殿
掃部内候
修理内候
造物所
右腋門
左腋門
主殿内候
僧坊
永安門
承明門
長楽門
鳥曹司
修明門
建礼門
春華門

さて、桐壺帝の后であった藤壺中宮や桐壺更衣の局は、どこだったのでしょうか。

それらは、内裏の北西と北東にあった五舎で、そのうち、襲芳舎を除く四舎の壺（中庭）に植えられた樹木によって昭陽舎は梨壺、淑景舎は桐壺、飛香舎は藤壺、凝花舎は梅壺との別称がありました。つまり、藤壺中宮は弘徽殿の西にある飛香舎、桐壺更衣は淑景舎でした。壺に植栽された梅、藤、梨、桐について『枕草子』「木の花は」の段に、

「木に咲く花の中では、色が濃いのも薄いのも紅梅がよい……藤の花は、房が長く、色が濃く咲いているのが、たいへんすばらしい……梨の花は唐（から）の国では絶賛されている……紫色に咲いている桐の木の花は、紫色であることから魅了されるが、葉が大きすぎて幻滅する」

などと記されているように、平安時代に愛玩された樹木であると考えられます。

まず、飛香舎は五舎のうち清涼殿にもっとも近く、平安時代中期以降、中宮や有力な女御の局となり、一条天皇の中宮彰子の局となったことは有名です。その後も、彰子の妹である威子や妍子、章子（しょうし）内親王（後冷泉天皇中宮。一〇二六～一一〇五年）など、道長の娘や孫が住まい、定子は弘徽殿の北にある登花殿を居所としていたといわれています。飛香舎では、壺に植えられた藤の花を愛でる藤花（とうか）の宴（えん）が催されたことが、『源氏物語』「宿木（やどりぎ）」の巻に、女二の宮が薫に降嫁する前夜、今上帝も出御（しゅつぎょ）して行われた様子が描かれています。

つぎに、淑景舎は清涼殿にもっとも遠く北東の隅にあり、いくつもの殿舎の前にある渡殿（わたどの）（渡り廊下）を通らなければならないことから、実際に女御や更衣が居住した記録は見当たりま

せん。唯一、三条天皇の東宮時代に入内した道隆の娘の原子が局として賜っていたことが知られるくらいで、摂政の直廬（詰め所）などに利用されることが多く、光源氏も母の亡き後は宿直所として使用しました。

壺に紅白の梅を植えた凝花舎は、円融天皇の女御で一条天皇の母である詮子が賜っていたことが有名ですが、清涼殿に近いことから摂政や関白の直廬ともされたそうです。『源氏物語』のなかでは、桐壺帝崩御後の弘徽殿女御の局となり、のちには秋好中宮が冷泉帝に入内したときに局とし、そのことから梅壺女御とも呼ばれました。

昭陽舎と襲芳舎は後宮の殿舎といいながら、まったく異なる用途で使用されていました。天暦五年（九五一）、村上天皇の命により昭陽舎に和歌所が置かれ、「梨壺の五人」と呼ばれた坂上望城、紀時文、大中臣能宣、清原元輔、源順ら五人の有識者に『万葉集』の解読、『後撰和歌集』の編纂などに当たらせました。襲芳舎は「雷鳴壺」とも称し、霹靂の木（落雷を受けた木をそのまま放置したもの）があったともいわれています。雷鳴のとき、天皇がここに避難して滝口武者に鳴弦（弓の弦を鳴らして妖魔を祓うまじない）させたとも伝わっています。

❖后たちの熾烈な争い

『源氏物語』「桐壺」の巻の冒頭は、

「いずれの御時にか、女御、更衣、あまたさぶらひたまひけるなかに、いとやむごとなき際(きわ)にはあらぬが、すぐれて時めきたまふありけり」の有名な一節で、大勢の女御や更衣のなかで、帝の寵愛を一身に集めている女性がいたと記されています。その女性こそ光源氏の母の桐壺更衣で、その偏愛は一通りではなく、殿上人や上達部たちも唐の玄宗皇帝が楊貴妃を寵愛するあまりに国が乱れたことを引き合いに出して、危惧していたそうです。

　桐壺更衣は亡父按察大納言の遺志によって桐壺帝の後宮に入りましたが、亡父の官位が正三位(しょうさんみ)であったこと、さらには頼もしい後ろ盾もなかったことから、女御より一段下の更衣という身分となりました。局も右大臣の娘（弘徽殿女御）が弘徽殿を賜ったのに対して、清涼殿から遠く離れた淑景舎（桐壺）でした。

　桐壺帝は桐壺更衣を深く愛するあまり、他の后には見向きもせず、いくつかの殿舎を素通りして東北の隅にある淑景舎にひっきりなしに通い、桐壺更衣ばかりを帝の寝所である清涼殿の夜御殿(よんのおとど)に召し出されるのでした。これに対する周囲の嫉妬や憎悪は相当激しく、清涼殿に参上するときに、

「更衣が清涼殿に参上するのが頻繁であるときは、打橋(うちはし)や渡殿(わたどの)など、あちらこちらの通路に糞尿などの汚物を撒き散らし、桐壺更衣を送り迎えする女房の装束の裾を汚して、台無しにすることもあった。また、あるときは、どうしても通らなければならない馬道(めどう)と呼ぶ廊下の戸を閉

清涼殿の平面図

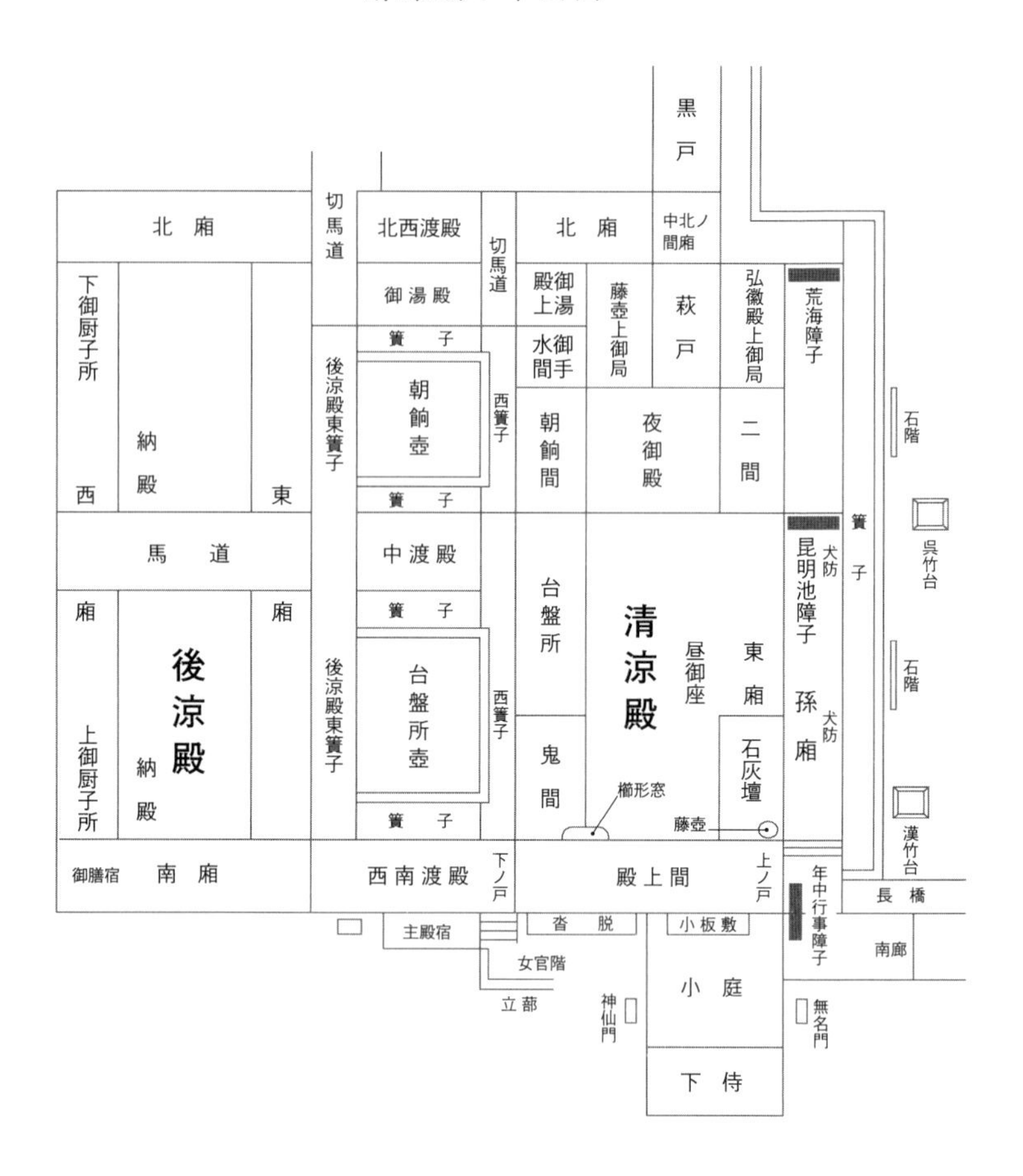
黒戸
北廂
切馬道
北西渡殿
切馬道
北廂
中北ノ間廂
下御厨子所
納殿
西
東
御湯殿
簀子
後涼殿東簀子
朝餉壺
西簀子
簀子
殿上御湯
水御手間
藤壺上御局
萩戸
弘徽殿上御局
荒海障子
朝餉間
夜御殿
二間
石階
馬道
中渡殿
簀子
台盤所
清涼殿
昼御座
東廂
昆明池障子
犬防
簀子
呉竹台
廂
廂
後涼殿
上御厨子所
納殿
後涼殿東簀子
台盤所壺
西簀子
簀子
鬼間
櫛形窓
石灰壇
藤壺
孫廂
犬防
石階
漢竹台
御膳宿
南廂
西南渡殿
下ノ戸
殿上間
上ノ戸
年中行事障子
長橋
主殿宿
沓脱
小板敷
南廊
女官階
立蔀
神仙門
小庭
無名門
下侍

めて、桐壺更衣を閉じ込め、結託して辱め、苦しめ困らせることも多かった」（「桐壺」の巻）と、通り道となる多くの殿舎をつなぐ通路に糞尿などの汚物を撒き散らし、装束の裾を汚させたり、廊下の戸を閉めて閉じ込めるなど、さまざまな嫌がらせをしたのでした。哀れに思った帝は清涼殿の西に続く後涼殿（こうろうでん）を局としていた更衣に、ほかの局を与え、かわりに桐壺更衣に住まわせたのでした。しかし、帝の配慮が、かえって深い恨みを買うことになってしまったのでした。

さらに、玉のように美しい皇子光源氏が誕生すると、桐壺更衣よりも先に入内し、第一皇子（のちの朱雀帝）を出産していた弘徽殿女御は、第一皇子を差し置いて第二皇子の光源氏を東宮に立てられるのではないかと気が気でなりませんでした。

桐壺更衣は后たちの嫉みや恨みによる重い心労から病に臥すようになり、それがもとで光源氏が三歳となった夏、亡くなってしまったのでした。

さて、天皇の后同士の嫉妬は『源氏物語』のなかだけのことではありませんでした。

天皇のプライベートな空間ともいえる清涼殿の夜御殿と二間（ふたま）（天皇守護の祈禱をする僧侶の控室）の北側には、東から弘徽殿上御局（こきでんのうえのみつぼね）・萩戸（はぎのと）・藤壺上御局（ふじつぼのうえのみつぼね）が北廂（きたびさし）に面して設けられ、二つの上御局は中宮・女御・更衣などの控えの間として使用されました。

『大鏡』には村上天皇の中宮安子（あんし）（藤原師輔の娘。九二七〜九六四年）と宣耀殿女御芳子の逸話として、

「藤壺上御局と弘徽殿上御局はともに清涼殿にあって隣り合っているが、あるとき、藤壺上御局に宣耀殿女御芳子がいらっしゃった。また、弘徽殿上御局には中后安子が同時に上っておられた。安子はひどく心穏やかでなく、興奮状態を抑えきれなくなってしまわれた。中仕切りの壁に穴をあけ、そこから覗いてみると、芳子の容貌が、たいへん愛らしく、好ましい感じであることがわかった。……いよいよ妬ましくなり、壁の穴を通り抜けるくらいの土器（かわらけ）の破片を女房に命じて投げつけさせた」
とあり、安子は女房に命じて、藤壺上御局に控えていた美貌名高く、教養にも満ちあふれた芳子に嫉妬のあまり土器のかけらを投げつけたというのです。なかなか気性が激しく、嫉妬深い女性だったようです。

この事件を聞き、立腹した村上天皇は、「このようなことは、まさか安子はしないだろう。安子の兄弟の伊尹（これただ）や兼通（かねみち）、兼家らがけしかけたのだろう」といい、この三人に謹慎をいい渡しました。すると、安子は天皇に三人の謹慎を解くようにと迫り、ついには咎めなしになったというのですから、押しも強かったのですね。

安子は四男三女に恵まれましたが、三七歳のとき、選子（せんし）内親王（九六四〜一〇三五年）を出産した五日後、産褥のため薨去しました。安子の死後、村上天皇の芳子への寵愛はめっきり失せてしまうのでした。それは、安子を嫉妬深い女性にしてしまった原因は、芳子を溺愛したことにあると後悔したからだそうです。

また、一条天皇の後宮で、藤原元子（承香殿女御。顕光の娘。生没年不明）は懐妊の兆候がみられた長徳三年（九九七）の暮れ、内裏を退出することになりました。弘徽殿細殿を通る様子を、藤原義子（弘徽殿女御。公季の娘）の女房たちが群がって御簾越しに見物していると、子宝に恵まれなかった義子に対して、元子に仕える女童が「簾のみ孕みたるか（女御は懐妊せず、御簾だけがふくらんでいる）」と嘲笑したというのです。これを耳にした義子に仕える女房たちは、たいへん悔しい思いをしたのですが、翌年、元子の体内からは水が出てきただけでした。それにしても、年端もいかぬ女童に、このように皮肉な言葉を発させるとは、よほど、后たちの間に嫉妬が渦巻いていたのでしょう。

❖入内して求められる皇子出生

念願かなって娘が入内できると、天皇の寵愛を得て皇子を出生することが求められます。皇子出生を熱望した安子は憲平親王（のちの冷泉天皇）を懐妊したとき、父師輔と親交があり、のちに天台座主となる良源（九一二〜九八五年）に胎内の子供が男子であるようにと「変成男子」の修法を行わせたとも伝わっています。

さて、道長の娘たちのなかでも彰子（敦成親王と敦良親王を出産）、寛子（敦元親王を出産）、嬉子（親仁親王を出産）の三人は皇子を出産し、敦元親王以外は天皇に即位しました。道長はめでたく天皇の外祖父となり、政治の実権を掌握する野望が現実のものとなったのでした。

皇子が誕生しても、必ずしも天皇になれるわけではありませんでした。たとえば、三条天皇は、東宮時代に入内していた藤原済時の娘娍子（九七二〜一〇二五年）を后としており、正暦五年（九九四）には長子である敦明親王が生まれていました。『栄花物語』「みはてぬゆめ」の巻によると、

「敦明親王が誕生した正暦五年は疫病が流行していたのにもかかわらず、五月九日、無事に男子が誕生し、祖父藤原済時は涙を流して喜んだ」

とあり、済時は敦明親王の即位を夢見て涙したのでしょう。その後も三人の皇子と二人の皇女に恵まれ、願いが成就するかのようでした。

しかし、敦明親王と同年に誕生した道長の次女妍子が、寛弘七年（一〇一〇）に三条天皇に入内すると事態は一変するのでした。

長和五年（一〇一六）、三条天皇は敦明親王を東宮にすることを条件に、彰子所生の敦成親王（のちの後一条天皇）に譲位することになりました。このとき、敦明親王は天皇よりも一四歳も年長の二二歳で、翌年、三条天皇が崩御すると道長の圧力などもあって東宮を辞退し、准太政大臣待遇の小一条院となるのでした。強い後ろ盾があってこそ、天皇になれることを思い知らされる一件だといえます。

さて、天皇のもとに皇子が誕生すると御剣（御佩刀とも書き、貴人の太刀の尊称）が贈られてき

ます。『栄花物語』「花山たづぬる中納言」の巻には、のちの一条天皇となる懐仁親王が誕生したとき、

「詮子は天元三年（九八〇）五月下旬から産気づき、六月一日寅の刻（午前四時頃）に言葉に言い尽くせない美しい男子が無事に誕生した。内裏に奏上すると、帝から御剣が贈られてきた」

とあるほか、定子が出産した敦康親王（九九九年誕生）、彰子が出産した敦成親王（一〇〇八年誕生）、敦良親王（一〇〇九年誕生）兄弟などにも贈られてきた記述がみられます。

　皇女が誕生した場合、道長がそうであったように、産婦の親族は少なからず落胆したようですが、ときとして喜ばれることもありました。たとえば、定子が脩子内親王（九九六～一〇四九年）を出産したときは、その年の春に長徳の変が起こり、定子の兄である伊周をはじめとして中関白家（藤原北家の中、道隆を祖とする一族の呼称）が排斥される憂き目にあいました。そのような状況のもと、定子は長徳二年（九九六）一二月一六日に脩子内親王を出産したのでした。『栄花物語』「浦々の別の巻」に、

「安産のうちに女子が誕生した。男子ならば、とても嬉しいことだっただろうにというけれど、定子の兄伊周は『女子で良かった。もし、男子だったら難しいことの起こりそうな世の中だから』と思うのであった」

と記されています。さらに、「かがやく藤壺の巻」の長保二年（一〇〇〇）一二月一五日に媄子内親王（一〇〇〇～一〇〇八年）が誕生したときには、

「物の怪をうつされた人々が大騒ぎをしているうちに、女子が誕生した。女子であったのは残念だが、安産だったので良しとしよう」

とあって、出産で体力を消耗して命を落とす産婦も稀ではない時代に、安産であったことはたいへん喜ばしいことだったといえます。

ちなみに皇子誕生には帝から御剣が贈られることになっていましたが、皇女の場合は『中宮御産部類記』によると袴が贈られてくるのが通例でした。

しかし、妍子が長和二年（一〇一三）七月六日、禎子（ていし）内親王を出産したときは、『栄花物語』「つぼみ花」の巻に「女子には御剣は下されないのが通例だが、先例を破って行われた」とあり、以後、皇女誕生に際しても行われるようになりました。

また、「わかみず」の巻には万寿三年（一〇二六）一二月九日、威子が出産した後一条天皇の第一皇女章子内親王の誕生について、「安産であったことは、この上もなく喜ばしいことであった……以前は女宮が誕生したときには、御剣は下されなかったが、三条天皇に禎子内親王が誕生されたときから下されるようになった」と、男女の差なく御剣が贈られるようになった経緯が記されています。その後は、このような習慣は上級貴族も行うようになりました。

❖命を賭しての出産

彰子は一二歳で一条天皇に入内しましたが、待ち望んだ第一子敦成親王を身籠もったのは二一歳のときでした。『栄花物語』「はつはな」の巻によれば、

「『去年の一二月には例の障り（月経）もなかった。この月も二〇日ばかりになってもないし、気分も良くない』と彰子がいっているが、私にはよくわからないが、これは間違いなく懐妊だろう。早く大殿（道長）や母などにお話し申し上げよう」

とあるように、一条天皇が気づき懐妊が判明したのでした。敦成親王出産までの日々を『紫式部日記』からたどってみることにしましょう。

懐妊がわかって五ヶ月目に入った寛弘五年（一〇〇八）四月、彰子は土御門殿に退出して着帯を行いました。当時は「標の帯」と称し、白練絹一丈二尺（約三・六センチメートル）で製されたもので、親族から贈られました。

六月一四日には参内し、一ヶ月ほど内裏での生活を送りましたが、七月一六日に内裏を退出、それ以後は出産準備にとりかかりました。

当時、出産は穢れとして忌むべきものという考えがあり、邸内に産屋（出産場所）を新築しました。一般的に、貴族たちの出産は妻の両親が存命中は実家で、あるいは妻方の親族や妻の父の家司や家人などの家を借りることもあり、教通の妻である公任の娘は道長の家司であった登任の屋敷で出産しました。

また、安産を願って数ヶ月前から僧侶、修験者、陰陽師を呼び寄せて邸内に控えさせました。

ちなみに、出産準備や当日の費用などは、すべて妻方が負担することになっていました。

さて、九月九日夜、彰子に出産の兆しが現れ、加持祈禱が始まりましたが、紫式部は「局に下がって、少し横になると、そのまま寝入ってしまった」などと呑気な様子でした。

夜半ごろから屋敷中が騒がしくなり、九月一〇日の暁から、いよいよ出産が迫り、

「夜も明けきらぬうちに、室内の模様替えが始まった。男手が必要となり、殿（道長）をはじめ中宮様の弟（頼通・教通）や、四位、五位の官人らが動員され、出産用の白い御帳台を設営している。中宮様はこの白い御帳台に入られた」

と、室礼が白一色で整えられました。『源氏物語』「葵」の巻に、葵の上の出産前の姿を、

「几帳の帷子を引き上げて、光源氏が中を見ると葵の上はとても美しい姿で、お腹はたいそう大きく盛り上がった様子で臥していた……白い御衣を着ている……豊かな長い髪を中ほどで束ねて枕に添えてある」

と記しているように、妊婦をはじめ女房たちの装束、室礼も白一色で統一されました。その後、葵の上は六条御息所の生き霊に取り憑かれ、夕霧を出産した後に命を落としてしまうという痛ましいことになりました。

このように産婦が物の怪に取り憑かれたかのような状況に陥ることは、物語の世界だけではなかったようで、平安時代の出産時に起こりうることは稀ではありませんでした。彰子はたいへんな難産で、

「中宮様は一日中、不安げに寝たり起きたりされている。周囲は中宮様に取り憑いた物の怪どもをかり出して憑坐に移す作法で、声高に騒ぎ立てている……数ヶ月前から邸内に控えていた僧侶、修験者、陰陽師たちがいっせいに加持を始める……そうするうちに夜も明けた……御帳台の東側には内裏の女房たちが控えている。西には憑坐たちがいて、屏風で一人一人を取り囲み、それぞれの験者が担当となって祓いの声を上げる。南には高僧が重なり合うように座し、声もかれるほど祈禱している。北には四〇人あまりの女房たちがいた」

と記されているように、一心に加持祈禱する僧侶などに加えて、憑坐（物の怪を乗り移らせる女性や童子）に物の怪を移す作法が行われました。翌九月一一日未明、

「一一日の暁、中宮様は御帳台を出て北廂に移り、過ごされた。几帳を幾重にも重ねて見えないようにした。几帳の中には母の倫子、乳母となる宰相の君、内蔵の命婦（大中臣輔親の妻で、教通の乳母）の三人が入っていた。ほかに、仁和寺の僧都の君（彰子の伯父済信）と三井寺の内供奉の君（彰子のいとこの永円）も呼び入れた。産所の次の間には、長年彰子に仕えている女房たち、彰子の妹たちの乳母などが控えていた……彰子の弟たちが行う散米（魔除けのために米を撒くこと）が雪のように降りかかった」

とあり、午の刻（午後二時頃）、三〇時間にもおよぶ難産の末、敦成親王が誕生しました。内蔵の命婦は助産のベテランで、彰子も心強かったことでしょう。その後も、彰子姉妹の出産には必ず立ち会いました。生まれたばかりの敦成親王に乳を含ませる乳付けの役は、乳母の一人で

ある橘の三位徳子が務めました。ちなみに、『医略抄』（丹波雅忠撰。一〇八一年成立）に小児乳付次第という項目があり、「初めに新生児の口中の血を拭ってから、甘草と水とを煮詰めて与え、次に朱蜜を、さらに牛黄を与えたのち、初めて人の乳を与える」と記され、鎮痛・鎮咳・鎮静・解熱・解毒作用がある甘草・朱蜜（硫化鉱物と蜂蜜の化合物）・牛黄（牛の胆石）などを与えたようです。

　無事に出産が終わると憑坐に移された物の怪は、悔しがって叫び声をあげながら退散するというのですから不思議ですね。

　多くの平安女子は結婚も出産も若年で、しかも多産であることが求められていましたから、出産後、死に至ることも稀ではありませんでした。たとえば、道長の六女嬉子が万寿二年（一〇二五）、親仁親王（のちの後冷泉天皇。一〇二五～一〇六八年。在位一〇四五～一〇六八年）を出産しましたが、大流行していた赤疱瘡（一一頁参照）に罹患していたことも災いして、産後二日で命を落としました。『小右記』や『権記』によると、嬉子の薨去を聞いた道長は、たいへん動揺し、中国伝来の「魂呼（屋敷の東の屋根に上り、衣を振って三回名前を呼ぶ）」という蘇生の儀式を行ったと記されています。あまりにも切ない娘との別れですね。

Ⅵ 日々の暮らしの楽しみ

❖心躍る物見

祭礼や行幸の行列などを見物することを物見といい、外出の機会が極めて少ない平安貴族の女性たちにとって、わくわくするものでした。

『枕草子』「見物は」の段には、

「見るに値するすばらしいものは臨時の祭。行幸。祭のかへさ（帰路）。御賀茂詣。賀茂の臨時の祭、空が曇って寒くなり、雪が少し舞って挿頭花や青摺の袍などにかかっている風情は、なんともいえない趣がある」

と、一一月下酉の日に行われる賀茂の臨時祭や、翌朝、賀茂大神に仕える斎院が紫野の斎院御所に帰る行列（祭のかへさ）、さらには、祭の前日の摂政や関白が行う賀茂詣などの行列は、ぜひとも見物したいものであると述べています。

彼女たちは、どのようにして、このような晴れやかな行列を見物したのでしょうか。それには、二つの方法があり、一つは桟敷を設置するものです。

賀茂社への参詣には、平安京の北辺にある一条大路を通ることになっていましたので、そこにはたくさんの桟敷が設けられたようです。とくに、摂関期から院政期にかけては盛んに造られ、常設的な建物となっていました。たとえば、『栄花物語』「はつはな」の巻に、寛弘二年

牛車

（一〇〇五）の賀茂祭を道長と倫子が揃って見物した様子が、

「道長は一条大路に桟敷を長々と造らせ、檜皮で葺いたり、高欄をつけたり、たいそう趣深いものとしていた。数年来、道長も北の方倫子も御禊をはじめとして賀茂祭を桟敷に出て見物したが、今年は頼通が使となったので、世間では大騒ぎをして支度している」

と記され、長男の頼通が賀茂祭使を務めることになったため、晴れ姿を見るために立派な桟敷を設えました。

賀茂祭の見物は貴族ばかりでなく、庶民にとっても楽しみなことで、『年中行事絵巻』の賀茂祭の場面には、公卿や僧侶たちが座する二宇の桟敷、路上に座り込んで行列に見入る庶民の姿が生き生きと描かれています。

さらに、行幸に際しても沿道に桟敷が造られました。『枕草子』「八幡の行幸のかへらせ給ふに」の段に、長保元年（九九九）、一条天皇の八幡（石清水八幡）行幸の還御（かんぎょ）の様子が記されています。

「女院（東三条院詮子。一条天皇の生母）がいらっしゃる桟敷の向こうに御輿をとめられて、女院にご挨拶の文をお遣わしになられた。その折の様子はこの上なくすばらしく、本当に涙がこぼれるほどだったので、化粧をした顔は、白粉がとれ、素顔があらわになって、どんなに見苦しいことか」

と、詮子が桟敷から見物していたことがわかります。

もう一つの方法は、物見車（ものみぐるま）（祭礼などの見物用の牛車）の中から見物するものです。『源氏物語』「葵」の巻に、斎院の御禊（ごけい）の有様が、

「賀茂の祭のときは……、御禊の日は、上達部なども定められた人数で供奉（ぐぶ）することになっているが、人望が厚く、容姿の優れた者だけが選ばれる。下襲（したがさね）の色合い、表袴（うえのはかま）の模様、馬や鞍にいたるまで立派に整えられている。帝の特別の宣旨（せんじ）が下って、源氏の君も奉仕される。物見車で見物の人々は、かねてからその支度に気を配っていた。一条大路はわずかな隙間もないほどの人々で騒がしくなっていた。あちこちに設けられた見物用の桟敷は、思い思いに趣向を凝らして飾りつけ、女房たちの装束の袖口さえすばらしい見物（みもの）である」

とあり、行列に奉仕する、美形の評判が高い光源氏の姿を一目見ようと、趣向を凝らした物見車や、桟敷が調えられました。たくさんの物見車でごった返した状況下、葵の上と六条御息所の車争いが勃発することになるのです。その顛末を簡単にまとめると次のようなことでした。

- 葵の上は、めったに外出することがなく、懐妊中で気分がすぐれないため斎院御禊の見物に行こうとは考えていなかった。若い女房たちに、「行列に供奉する光源氏の姿を一目見ようと、遠方からでも見物にやってくるというのに、葵の上が御覧にならないのはあんまりです」とせがまれ、急遽、出かけることになった。
- 一条大路に到着すると、すでに物見車が立ち並び、立錐の余地もなかった。
- 身分の高い女性が乗っている牛車が多かったが、葵の上の従者たちは、わずかな隙間を見つけ、周囲の牛車を立ち退かせようとした。その中に趣ある網代車（あじろぐるま）（六条御息所の車）があった。
- 双方の従者たちが争いとなり、六条御息所の車は榻（しじ）（牛車の轅（ながえ）を載せる台）が折られるなど、葵の上の従者たちから狼藉をこうむり、後方に押しやられてしまった。

この事件が発端となり、六条御息所は出産が迫った葵の上に生き霊となって取り憑くのです。そして、夕霧を出産して間もなく、葵の上は亡くなるという展開になっていくのでした。

また、「行幸（みゆき）」の巻には、六条院に住まう光源氏の夫人たちが冷泉帝の大原野行幸を見物するために、物見車を仕立てて出かけた様子が記されています。帝は卯の刻（午前六時頃）に朱雀門を出門し、その行列は朱雀大路から五条大路を西に折れ、葛野（かどの）川（桂川の古名）を渡って進行するのですが、そのあたりまで牛車がびっしりと並んでいたと記されています。さすがに、行幸の行列ですから、物見車も整然と並び、「葵」の巻のような騒ぎは起こりませんでした。

王朝の人々は、桟敷や物見車の中など、少し距離をおいたところから見物し、かぶりつきで見るというような、はしたないマネはしなかったようです。

❖物詣をして願いを叶える

物見のほかに、女性が大手を振って外出できる機会として、神社や寺院に参詣する物詣（ものもうで）があります。

仏教では、女性は罪深く来世（未来）で人の世に生まれることが難しいと説かれていたため、当時の女性たちは現世（現在）において霊験が現れる観世音菩薩を深く信仰しました。

観世音菩薩を本尊とする寺院で、平安京にもっとも近いのは洛東の清水寺（現京都市東山区）で、『枕草子』「騒がしきもの」の段に「騒がしいもの。炭火のはねる火の粉。……十八日、清水寺が参詣者で混み合っているとき」とあり、毎月一八日の縁日には多くの参詣者で賑わっていたことがわかります。

さらに、霊験あらたかな近江国の石山寺（現滋賀県大津市）、大和国の長谷寺（現奈良県桜井市）も人気があり、数日の旅程も厭わず詣でることを切望しました。

たとえば、『源氏物語』「玉鬘」の巻に、玉鬘は母夕顔の死後、乳母に連れられ太宰府に移りましたが、行く末を案じた乳母は、父（頭中将）に一目会わせたいと願って上洛したことが記されています。平安京の南端である九条あたりの知人宅に泊まり、玉鬘の乳母子である豊後介の勧めにより八幡詣（石清水八幡を詣でること）をしたのち、唐土にまで霊験が聞こえているという初瀬詣（長谷寺を参詣すること）を徒歩で行うことにしたのでした。

貴族の女性たちは牛車を用いて参詣するのが常でしたが、心に期する願い事があるときは徒歩にすることも稀ではありませんでした。

平安京を出て四日目に椿市（現奈良県桜井市三輪あたり）に到着したときには、玉鬘の足の裏は腫れ上がり、動かせない状態になっていました。この宿で玉鬘付きの女房である三条は、かつて夕顔の侍女として同輩であった右近（夕顔の死後、光源氏に仕える）と邂逅することができ、感涙するのでした。翌日、右近は三条とともに初瀬に参詣し、三日間の参籠（昼夜、籠もって祈願すること）のあいだ、ひたすら玉鬘に輝かしい未来が開けてくるようにと、一心に祈願しました。

六条院に戻った右近が、光源氏に事の次第を報告すると、光源氏は気にかけていた玉鬘の所在を知り、早速、養女として手元に引き取ることにしました。乳母をはじめとして豊後介や三条も、初瀬の観世音菩薩の霊験が現れたと喜んだことはいうまでもありません。

また、菅原孝標女も初瀬詣を強く望んでいました。彼女が二六歳頃と思われる治安元年（一〇二一）の『更級日記』をみてみますと、父の孝標が常陸介となって任地常陸国（現茨城県）

に赴任したあとも、母と京に留まった娘は心晴れぬ日々を過ごし、

「このように所在なく物思いにふけっている間に、どうして物詣をしなかったのだろうか。昔気質な母は『初瀬詣だなんて、なんと怖い。難所の奈良坂（山城国と大和国の境にある平城山を越える坂道のこと）で不埒な者に捕まりでもしたらどうしよう。石山寺は関山（山城国と近江国の境にある関所・逢坂関のこと）を越えて行くのだから、とても怖い……』といい、わずかに清水寺には連れて行ってくれ、参籠をした」

と、長谷寺にも石山寺にも連れて行ってくれない母を恨みがましく思いつつ、清水寺だけは詣でることができたと綴っています。ちなみに、念願の初瀬詣と石山詣は、橘俊通との結婚後に叶えられ、夫の栄達と子供の将来を願って参籠しました。


　さらに、孝標女の叔母にあたる道綱母も兼家の訪問が間遠になったことを思い悩み、石山詣をしています。『蜻蛉日記』には、

「二〇日あたりに石山詣することを決心し、姉妹にも知らせず、夜も明けきらぬうちに家を出発した。賀茂川あたりに達すると従者が追いかけてきて、有明の月が、たいへん、明るかったが、出会

『石山寺縁起』に描かれた物詣姿
（国立国会図書館デジタルアーカイブより）

う人もなかった。粟田山というところまで来ると、ひどく疲れていたので一休みした。山科ですっかり夜があけてしまい、自分の姿がはっきりとわかるような気がするので恥ずかしくなった。走井で破子（弁当）をあけて食べようと、幕を張り巡らさせた。そこで若狭守一行と出くわした。逢坂関を越え、死にそうになりながら打出浜に着いた。そこからは、舟で石山寺に向かい、到着したときには申の刻（午後五時頃）になっていた」と、あたりの目を気にしながらも徒歩で参詣したのでした。

さて、『枕草子』「うらやましげなるもの」の段には、清少納言の初午詣（伏見稲荷社の神が降りた日といわれる二月上午の日に参詣すること）が記されています。

清少納言も牛車を使わず、徒歩で参詣しようと思い立ち、夜明けを待たず暗いうちに家を出発しました。長距離を歩くことに馴れていないため、稲荷山の途中で巳の刻（午前一〇時頃）になってしまったのです。周囲を見渡すと参詣者たちは楽々と坂道を登っていき、どんどん自分は追い越されてしまっていました。

とくに、四〇歳過ぎとおぼしき女性は、この日だけで七度も山上山下を往復して参詣するという健脚で、清少納言を羨ましがらせ、宮仕えのせいで足弱になったことを実感させられました。

物詣の道すがら垣間見る屋外の世界は物珍しく映ったようで、『枕草子』「卯月のつごもりがたに」の段に、

「四月も末近くになって、長谷寺参詣を思い立った。『淀の渡り（淀の渡船場）』で舟に牛車をそのまま積み込んで川を渡ることを体験した……端午の節供に使うのか、刈り取った真菰を積んだ舟が往来する見慣れぬ光景を目にした……帰路についた五月三日、端午の節供をひかえて小雨の降る中、とても小さい笠をかぶり、裾をからげて菖蒲を刈ろうとしている男や子供をみていると、まるで屏風絵を見ているようで、興味をかきたてられた」と、淀川を舟で渡りながら、真菰や菖蒲の産地であった淀の里の鄙びた風景に感動したと記しています。とくに、「屏風絵を見ているようで」と述べている光景で『拾遺和歌集』（一〇〇五～一〇〇七年成立）に収められている「天暦の御時。御屏風に淀のわたりする人かける所に」という題で壬生忠見が詠んだ「いづ方に　鳴きて行くらむ　郭公　淀のわたりの　まだ夜ふかきに（どちらのほうへ鳴いて行くというのだろうか。郭公は。淀の渡船場あたりは、まだ、深夜で真っ暗なのに）」という一首を思い浮かべるあたりは、さすが才媛の誉れ高き清少納言といえるでしょう。

物詣姿

❖春秋の楽しみ

平安貴族は四季の移ろいに敏感であったといわれますが、邸内で過ごすことが多い平安女子は、四季の移ろいを年中行事を通して感じていたようです。

春には観桜の宴、つまり花宴(はなのえん)が催されます。観桜の起源は『日本後記』によると弘仁三年(八一二)二月一二日、嵯峨天皇が大内裏の禁苑(きんえん)(天皇の遊覧場)である神泉苑(しんせんえん)(池を中心とした約八万平方メートルの敷地を有する大庭園)において、桜花を鑑賞したのがはじまりといわれています。

奈良時代は中国伝来の梅が愛玩され、紫宸殿南庭には梅が植えられていましたが、仁明天皇(八一〇~八五〇年。在位八三三~八五〇年)の時代に桜に植え替えられました。儀式に際して、この桜の近くに左近衛府が陣を敷いたことから「左近桜(さこんのさくら)」とも称されます。

天徳四年(九六〇)九月二三日に起こった火災によって内裏が焼亡し、左近桜も焼失してしまいましたが、内裏新造にあたって、重明(しげあきら)親王(醍醐天皇の第四皇子。九〇六~九五四年)の邸宅にあった吉野山の桜と伝わる桜木を移植(『古今著聞集』)したりと、その後も火難に遭うたびに植栽を繰り返しました。

このように由緒ある左近桜の枝を切り落とした人物がいました。それは、歌人として名を馳せた藤原定家(一一六二~一二四一年)です。『古今著聞集』によれば、

「承元四年（一二一〇）一月頃の早朝、自邸に左近桜を接ぎ木したいと思った定家は侍人に一枝を切らせて、袍の袖で包むようにして受け取って持ち帰った。この様子を見ていた官人たちは、定家の風流な振る舞いに感じ入るばかりだったが、噂はいつしか土御門天皇の耳に入り、伯耆という女房に代詠させた『なき名ぞと　のちにとがむな　八重桜　うつさむ宿は　かくれしもせじ（後から無実だと主張するなよ。左近桜を移植した家を隠すことはできないのだから）』との和歌を贈った。定家は『くるとあくと　君につかふる　九重や　やへさくはなの　かげをしぞ思ふ（明けても暮れても一日中、帝にお仕えしている左近桜。その桜の姿を思うことで、私も帝に忠勤を尽くさせていただきます）』と返歌して、深くお詫びした」

と記されていますが、定家の大胆な行動には驚かされるばかりです。

さて、左近桜が美しく咲き乱れるころ、内裏では花宴が開かれ、詩歌管弦の遊びを楽しみました。たとえば、『源氏物語』には、二月二〇日過ぎに桐壺帝が主催した花宴の様子が、

「親王や上達部たちは探韻（韻字をさぐって漢詩を作る遊び）を楽しんだ……『春鶯囀』がとてもおもしろく見えるので、東宮は光源氏が紅葉賀のときに舞った舞（青海波）を思い出し、挿頭の花をくださり、ぜひにと舞を所望された。光源氏は断りかねて、『春鶯囀』の袖を返す所作の部分をひとさし舞ったが、それは例えようもなく見事であった。頭中将は『柳花苑』を舞った」（「花宴」の巻）

とあり、藤壺中宮と東宮（のちの朱雀帝）が臨席して行われました。屋内から桜を鑑賞するだな

んて、なんと優雅なことではありませんか。

花宴の季節が過ぎ、ひと月ほどすると藤の花の季節となります。花宴と同じく、藤花を愛でて、詩歌管絃の遊びをする藤花の宴が催されるようになり、その初見は『西宮記』によると延喜二年（九〇二）三月二〇日、飛香舎（別名藤壺という。一〇九頁参照）において行われたものです。貴族の私邸でも開催され、『源氏物語』「花宴」の巻に「三月二〇日過ぎ、右大臣（弘徽殿大后・朧月夜姉妹の父）邸において上達部や親王などが大勢集った競射（的に向かって弓を射る競技）があり、その後、引き続いて藤花の宴が催された」と記されています。また、「宿木」の巻にも、「今上帝の娘女二の宮が、薫の邸宅である三条宮に移る前日（四月初旬）、今上帝は飛香舎において藤花の宴を主催した……南廂の御簾を上げて椅子を置いた……殿上人の席は藤の花の下に設けられ、後涼殿の東を雅楽を演奏する者の楽座とし、日暮れ頃から双調の曲が奏され始めた。御遊（天皇が催す管絃の遊び）であるから、女二の宮のほうから琴や笛が提供された」と記し、管絃の遊びを楽しんだようです。

さて、暑い夏を越えて秋風が吹くようになると、月見の宴が楽しみになってきます。月見の宴は、平安時代に唐から伝来して年中行事になったもので、八月一五日の夜に月を眺め、詩歌管弦の遊びを楽しみました。平安時代の人々は月の霊力を恐れたためか、夜空の月を直視することはなく、池などの水面に映ったものを鑑賞したそうです。さらに、村上天皇は萩の箸で里芋に穴をあけて月を覗いたとも伝えられています。

さて、『栄花物語』「月の宴」の巻には、康保三年（九六六）八月一五日に清涼殿において月見の宴を催したことが記されています。『源氏物語』には「鈴虫」の巻にも、

「内裏での月見の宴が中止となった……光源氏が女三の宮のもとで琴を爪弾いていると、蛍兵部卿宮（ほたるひょうぶきょうのみや）や夕霧など、多くの殿上人が六条院に訪れ、そのまま管絃の宴となった。すると、冷泉院から月見の宴の招待があった……六条院に集まっていた皆々も光源氏らとともに冷泉院に参上し、夜を徹して詩歌管絃の遊びを楽しんだ」

とあり、その様子は『源氏物語絵巻』「鈴虫二」の巻に描かれ、画面右上に月、簀子縁（すのこえん）で笛を奏でる夕霧の姿などから知ることができます。

ちなみに、平成一二年（二〇〇〇）に発行された二千円札の裏面の図柄に『源氏物語絵巻』「鈴虫二」の巻の詞書と、冷泉帝と対峙して座している光源氏の姿が使用されています。

❖夏と冬を快適に過ごす工夫

京都の夏は盆地特有の蒸し暑さがあり、清少納言も『枕草子』の「冬はいみじう寒き」の段に、「冬はすこぶる寒い日。夏はこんなに暑いことがあるのかと思うくらい暑い日。それぞれ冬らしく、また夏らしくてよい」と、耐え難いほどの暑さを夏らしいと感じています。

さて、寝殿造の前にある庭には、このうんざりする暑さが少しでも涼しく感じられるような

六条院平面図

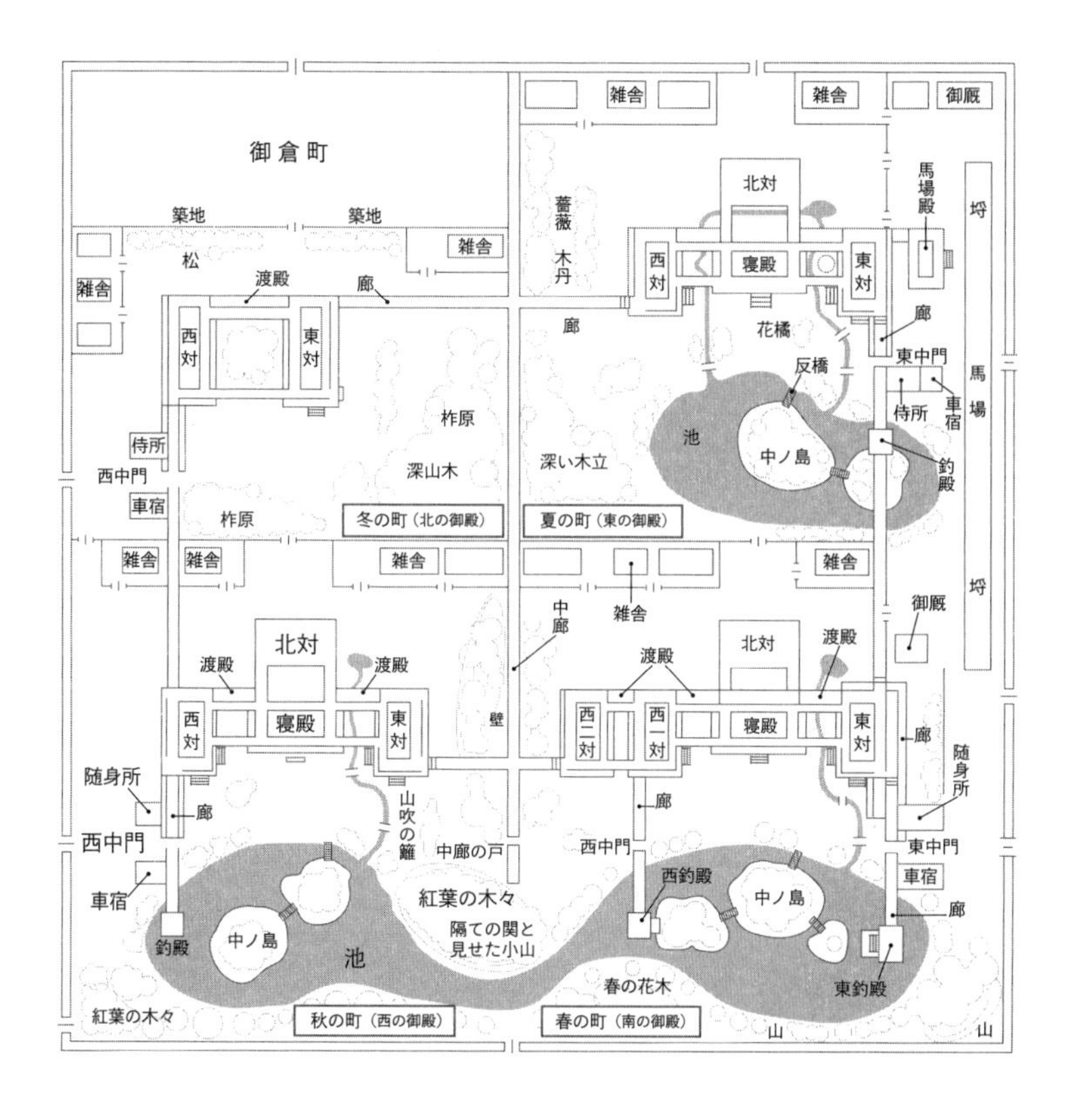

御倉町
築地
築地
雑舎
松
渡殿
廊
雑舎
西対
東対
侍所
西中門
車宿
柞原
深山木
柞原
冬の町（北の御殿）
雑舎
雑舎
雑舎
北対
渡殿
渡殿
西対
寝殿
東対
随身所
廊
西中門
車宿
釣殿
中ノ島
池
山吹の籬
中廊の戸
紅葉の木々
隔ての関と
見せた小山
紅葉の木々
秋の町（西の御殿）
雑舎
雑舎
御厩
北対
薔薇
木丹
西対
寝殿
東対
廊
花橘
廊
東中門
反橋
侍所
車宿
馬場殿
埒
馬場
池
中ノ島
釣殿
深い木立
夏の町（東の御殿）
雑舎
雑舎
中廊
雑舎
御厩
北対
渡殿
渡殿
西二対
西一対
寝殿
東対
廊
随身所
壁
廊
西中門
東中門
西釣殿
中ノ島
車宿
廊
東釣殿
春の花木
春の町（南の御殿）
山
山
埒

仕掛けがなされていました。たとえば、光源氏が営んだ六条院（四町を誇る大邸宅で、一町ごとに春夏秋冬の趣向が凝らされている）で花散里の住まいであった夏の町は、

「涼しい泉があって、夏の庭になっている。前庭には呉竹がたくさん植えられ、下風の涼しさが感じられる。奥には森のような大木があって、わざと田舎らしい卯の花垣などが作られている。花橘、撫子、薔薇、木丹（りんどうの異称）などの草木を植えた中に春秋のものも配してあった」

と、涼しさを感じるように呉竹を植栽したり、大木を植えて木陰をつくるなどの工夫が施されていました。また、東向に馬場殿があり、埒（柵）を結び、騎射や競馬ができるような広場には菖蒲を茂らせ、端午節会の趣向が凝らされていました。

貴族が住まう寝殿造と称する邸宅の前庭には大きな池を配するのが一般的で、その池に張り出すように釣殿を設けました。釣殿の周囲は壁がなく、開放的な建築物でした。『源氏物語』「常夏」の巻には、六条院の夏の町の釣殿における光源氏や夕霧の納涼の様子を、

「たいそう暑い日、光源氏は東の釣殿に出て涼んでいた。夕霧も側に控え、親しい殿上人も数人、同席していた。葛野川の鮎、賀茂川の石臥（川魚ウキゴリの別称）などの魚を目の前で調理させ、賞味していた……氷水を取り寄せ、水飯などが供され、賑やかに食していた……光源氏は『水のほとりであることも役立たない暑さだ』といって、身体を横たえた」

と描いています。「氷水」とは字の如く氷を溶かした水、あるいは氷を入れた水のことです。

なお、水飯は姫飯（今日のように柔らかく炊いた飯）に冷たい水をかけたもので、夏季における飯の食べ方でした。

平安時代には製氷技術がなかったため、冬季にできた天然の氷を夏まで氷室と呼ばれる貯蔵施設で大切に保管しました。宮内省には主水司といって水・氷の調達や粥の調理を司る部署があり、元日節会（元旦に天皇が主催する宴）において、氷室ごとの氷の多少と厚さの記録を奏上する「氷様奏」を行いました。氷の厚さは、五穀豊穣のしるしといわれていたそうです。

貴重な氷は、「氷水」のほか、「削り氷」といって、かき氷にして食されました。『枕草子』「あてなるもの」の段に「上品なもの……削った氷に甘葛をかけて、新しい金物の椀に入れたとき」と、平安時代唯一の甘味料である甘葛をかけたときの印象を記しています。ちなみに、甘葛は今日のアマチャヅルに相当する蔓草から作られたようで、氷も甘葛もともに貴重品で、天皇や上級貴族にしか味わうことができませんでしたから、定子に仕えていたので清少納言も賞味することができたのでしょう。さらに、「いみじう暑き昼中に」の段に、

「ひどく暑い昼のさなかに、いったいどうしたらこの暑さがしのげるのだろうかと、扇を使ってみても、その風はなまぬるい。氷水に手を浸したり……」

とあり、氷に涼を求めました。『源氏物語』「蜻蛉」の巻にも、

「氷を何かの蓋の上に置いて割ろうとして、女房たちや女童たちが大騒ぎをしている……女一の宮（明石中宮の娘）が手に氷を持ちながら、この騒ぎを見て微笑んでいる顔は、言葉に尽くせ

ないほど美しかった」

と、氷を手に持って、ひとときの涼しさを味わったようです。なんとも贅沢なことですね。

さて、平安京の冬は底冷えがして寒いのですが、『枕草子』の冒頭、「春は曙」の段に、

「冬は早朝。雪の降った朝はいうまでもない。霜が真っ白に降りている景色も、またそうでなくても、ひどく寒い朝、炭火などを大急ぎでおこして、それをあちらこちらへ持ち運んだりするのも、いかにも冬の早朝の趣としてすばらしい」

とあるように、清少納言は早朝の寒さ、雪や霜で覆われた景色を冬にふさわしい風情として捉えているようです。さらに、「降るものは」の段にも、

「降るもののなかでは、雪、霰（あられ）が季節感があってよい。霙（みぞれ）は好きではないけれど、白雪まじりに降る霰は興が湧く。雪は檜皮葺（ひわだぶき）の屋根に降ったのが、たいへんすばらしい。積もった雪が溶け始めるころがよい。また、たいそう多く降ったわけでもない雪が、瓦の重ね目に入って、黒く丸くみえているのは、とても興をそそられる」

と記し、雪の白さと檜皮葺屋根の黒さの対比を美と受け止めているところは、さすが鋭い審美眼を持った清少納言といえますね。

『源氏物語』では明石の君が住む六条院の冬の町について、

「北側にずっと倉が並んでいるが、隔ての垣には唐竹が植えてある。松の木の多いのは雪を楽しむためである。冬の初めに初霜のとまる菊の垣根、朗らな柞原（ははそばら）（クヌギやナラが生茂っている原

のこと）、そのほかにはあまり名の知られていないような山の木の枝のよく繁ったものなどが移植してある」

と、御倉町（みくらまち）と呼ぶ倉庫群を形成した関係上、池を設けるだけの面積がなく、松に積もった雪を楽しむ趣向となっていました。

さて、屋外で観雪を楽しんだ様子が、藤原宗忠（むねただ）（一〇六二〜一一四一年）の日記『中右記』寛治五年（一〇九一）一〇月二七日の条に記されていますので紹介しましょう。

「この日の朝、白河上皇は『賢女』の誉れ高い皇太后歓子（かんし）（後冷泉天皇の皇后で教通の娘。一〇二一〜一一〇二年）の晩年の住まいである小野山荘（比叡山麓にある別荘）に観雪行幸を思い立った。突然の訪問で、随身の知らせを受けた歓子は『雪見に来られたのだから、屋内には入られないだろう』と庭に向けて美しい席を設けた。上皇は風雅なもてなしに感嘆した」

と、機知に富んだ饗応でした。このように、平安貴族は暑さも寒さも自然現象として受け入れ、そのなかに季節の移ろいを愛でていたようで、この姿勢を現代人も見習いたいものですね。

❖香を楽しむ

平安貴族たちは、日常的に「香」を楽しむ文化を持っていました。

香文化のはじまりは、推古天皇三年（五九五）、香の原料となる香木（こうぼく）が淡路島に漂着したこと

からでした。『日本書紀』によると、

「ひとかかえほどの香木（沈香）が、淡路島に漂着した。島民は沈香と知らず、薪とともに竈にくべると、その煙は遠くまで類い希なる良い薫りを漂わせた。これは不思議だと思い、朝廷に献上した」

と記述されています。この妙なる香りがする香木は、奈良時代には仏に香華を手向ける供香として用いられるようになり、熱帯から亜熱帯地域に産する沈香や白檀などが、盛んに輸入されました。たとえば、正倉院宝物として知られる黄熟香は別名「蘭奢待」と称し、長さ一・五メートル、重量一・五キログラムもある大きな沈香で、天下の名香と謳われ、足利義満、足利義政、織田信長などが一片を切り取って香りを聞きました。ちなみに、香を楽しむことを「聞く」といいます。

さて、平安時代に入ると、貴族たちは室内で香を焚く「空薫物」をはじめ、薫衣（装束に香を焚きしめること）や薫髪（髪に香りをつけること）などを行って、芳わしい香りの中で生活するようになっていきました。たとえば、『枕草子』「心ときめきするもの」の段に、

「心をときめかすもの……高級な薫物を焚いて、一人で横になっているとき……髪を洗って化粧をして、強く良い香りが焚きしめられた衣を着たとき。そのときは特別にみている人がいない所でも、心がとても浮き立って楽しくなる」

と記されているように、香のある生活を楽しんでいたことがわかります。また、『源氏物語』

香の種類

沈香（じんこう）	熱帯アジア原産のジンチョウゲ科の常緑高木の樹内に沈着した樹脂。最高級品を伽羅（きゃら）という。
麝香（じゃこう）	雄のジャコウジカの麝香腺分泌物。
丁子（ちょうじ）	アフリカ・東南アジアで生育する常緑高木の花蕾。
薫陸（くんろく）	インド・イラクなどに産する樹脂。
龍脳（りゅうのう）	東南アジアに生育する常緑高木の龍脳樹の精油が結晶化したもの。
白檀（びゃくだん）	東南アジアの半寄生の常緑高木である白檀木の芯。
紫檀（したん）	インド南部原産のマメ科の常緑高木。家具材にもなる。
桂皮（けいひ）	スリランカで産するクスノキ科の常緑高木セイロン桂皮の樹皮。シナモンのこと。
乳香（にゅうこう）	アラブ・エチオピアなどに自生するカンラン科の乳香樹の樹脂。
貝香（かいこう）	巻き貝の蓋。
甘松（かんしょう）	インドなどに産するスイカズラ科の草本の根・茎。
龍涎香（りゅうぜんこう）	マッコウクジラの消化器内に生じる分泌物。

では美貌の公達匂宮は、生来、芳わしい体臭を持つ薫に対抗して、入念に薫衣を行っていました。さらに、柏木と女三の宮との密通が露見しそうになったのも、懸想文の移り香からであったとされています。

香は、平安時代には四二〜四三種類ほどあったといわれ、植物性のものとして沈香・丁子・桂皮・乳香・貝香・蘇合香・白檀・龍脳・薫陸・甘松など、動物性のものとしては麝香・龍涎香などがありますが、どれも日本で産出されるものではなく、すべて輸入に頼っていました。

香の香りを消臭目的で活用することもあり、『うつほ物語』「蔵開上」の巻において、女一の宮が犬宮を出産した場面に、

「六日の産養となった。母の女御は麝香を多く集めさせて、薫衣香（丁子・沈香・麝香・白膠香・蘇合香などを練り合わせたもの）、丁子香と一緒に鉄臼に入れて搗かせた。そして練絹に綿を入れて、袋に縫わせたものを一袋ずつに入れて、薬玉のようにして、一間ごとの御簾にかけた。それから大きな白銀の狛犬四つの腹に火取香炉を入れて、御帳台の四隅で薫物を絶えず焚いている。廂の間には、大きな火取香炉に良質の沈香や合わせ薫物をほどよく埋めて焚き、籠で覆って、たくさん置いてある」

と記され、女一の宮が出産後の体力回復のために食べた大蒜（にんにく）の臭いを消すために用いいました。

また、『紫式部日記』寛弘五年（一〇〇八）八月二六日に初産を控えた彰子はみずから調合し

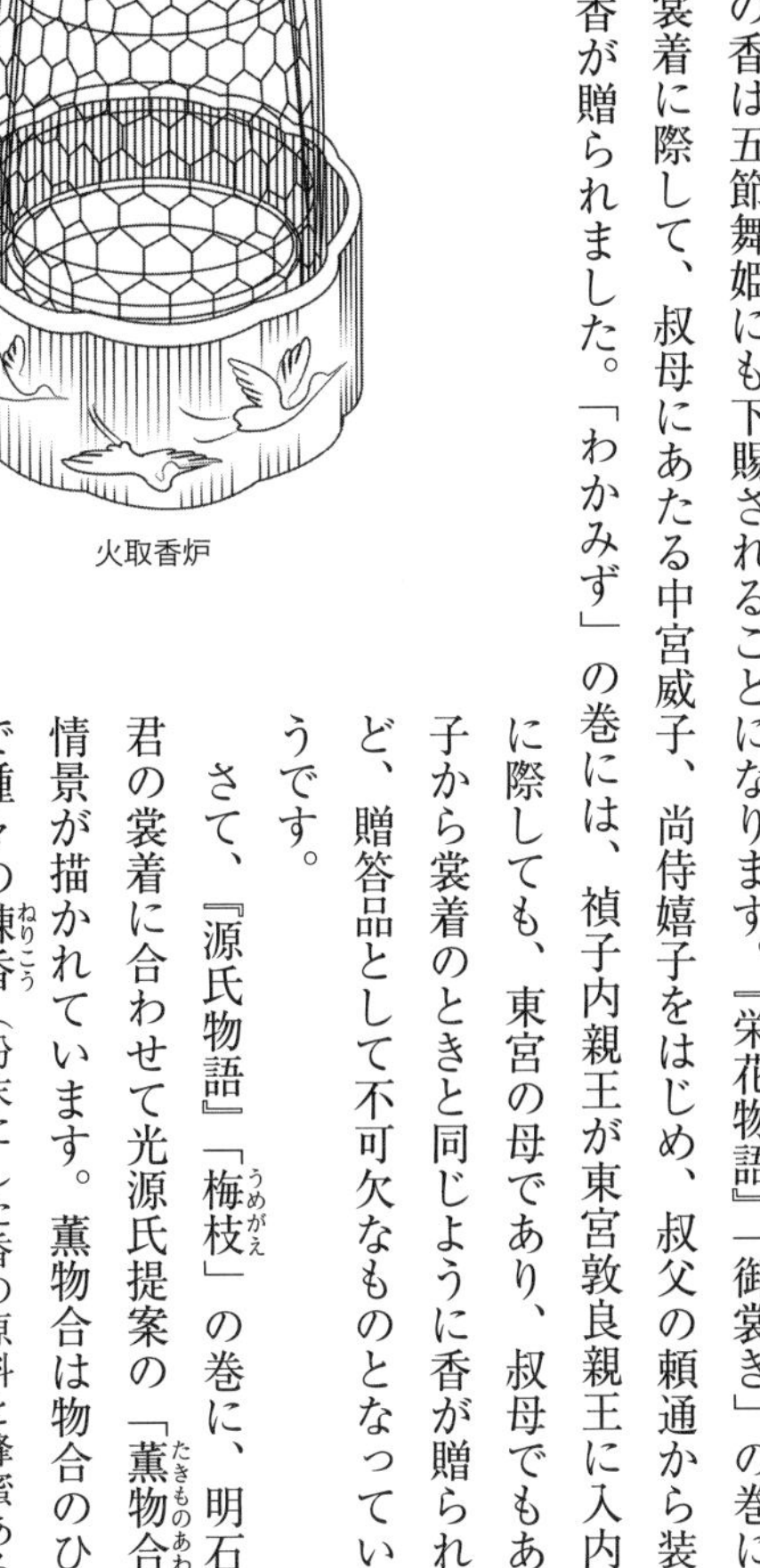

火取香炉

た香を女房たちにも配り、九月九日にその香を取り出し、試しに火取香炉で焚いてみたという記述があります。父道長のもとに太宰府の高官から献上された、珍しい香木などを用いて調合したようです。香には気分を落ち着かせる鎮静作用もあり、さぞや彰子の不安を取り除いたことであろうと想像されます。

後日、この香は五節舞姫にも下賜されることになります。『栄花物語』「御裳ぎ」の巻には禎子内親王の裳着に際して、叔母にあたる中宮威子、尚侍嬉子をはじめ、叔父の頼通から装束や扇とともに香が贈られました。「わかみず」の巻には、禎子内親王が東宮敦良親王に入内するに際しても、東宮の母であり、叔母でもある彰子から裳着のときと同じように香が贈られるなど、贈答品として不可欠なものとなっていたようです。

さて、『源氏物語』「梅枝（うめがえ）」の巻に、明石の姫君の裳着に合わせて光源氏提案の「薫物合（たきものあわせ）」の情景が描かれています。薫物合は物合のひとつで種々の練香（ねりこう）（粉末にした香の原料と蜂蜜あるいはアマチャヅルを練り合わせて固めたもの）を持ち寄って、これを聞き、判者が優劣を評して勝負を決定する遊びで、光源氏は二条院の蔵を開け、秘蔵の香の原料を六条院に運ばせ、女君たちに分け与えました。それらを用いて独自に調合して作り上げられた練香は、蛍兵部卿宮が判者となって評しました。ちなみに、練香は季節感を反映して、春は梅花、夏は荷葉、秋は菊花・侍従、冬は黒方・落葉（以上を六種薫物という）と名付けられた香が用いられました。

蛍兵部卿宮は、それぞれの練香を次のように評定しました。

- 光源氏が作った侍従について――「艶があり、優美である」
- 紫の上が調製した三種のうち、梅花について――「華やかで若々しく、さらに冴えた気が備わっている。この頃のそよ風に焚きまぜる物としては、これを超えるものはない」
- 花散里が作った荷葉について――「変わった気分のする、懐かしい香り」
- 明石の君が、前朱雀帝の調合を元に、源公忠が特別に精製した百歩の調製を参考にして調合した薫衣香について――「世間にない優美さを調合した考えがすばらしい」
- 朝顔の姫宮（斎院）が作った黒方について――「心憎い静かな香りが優れている」

調合の加減ひとつで、これほど印象の異なる練香が出来上がること、さらにそれを評価できるまでに感性を磨いていたことには頭が下がります。古代人が薪と一緒に焚いた漂流木は、宝の樹木だったといえるのではないでしょうか。

六種薫物に用いられる香の配合

季節	香名	沈香（%）	丁子（%）	甲香（%）	その他
春	梅花	51	15	21	薫睦香・白檀・麝香・甘松・篤糖香
夏	荷葉	52	18	18	安息香・白檀・甘松・鬱金・霍香
秋	菊花	47	23	18	薫睦香・麝香・甘松
	侍従	54	27	13	甘松・鬱金
冬	黒方	47	23	18	薫睦香・白檀・麝香
	落葉	47	23	18	薫睦香・麝香・甘松

（『薫集類抄』による）

Ⅶ キャリアウーマンを目指す

❖女官として後宮に就職

後宮は一二の組織からなり、女官（にょかん）と称する女性官人が配属されました。天皇にもっとも近い部署として「内侍司（ないしのつかさ）」があり、臣下との取り次ぎ役を果たす長官である尚侍（ないしのかみ）（二名）、次官の典侍（ないしのすけ）（四名）、判官として掌侍（ないしのじょう）（四名）、さらに、命婦（みょうぶ）、女蔵人（にょくろうど）、得選（とくせん）で構成されていました。

先に記しましたように、秀でた漢才の持ち主であったと伝えられる高階貴子は、掌侍として円融天皇に仕えました。彼女は結婚をするより女官を選択したのですが、のちに道隆の妻となり、伊周のほか、定子、原子、御匣殿など女子も出産し、定子と原子は入内しました。ちなみに、当初、貴子の父高階成忠（なりただ）は結婚に反対していたそうですが、ある朝、道隆の帰る後ろ姿を見て、末は関白になるだろうと確信し、賛成することにしたそうです。

貴子は、女官としてのキャリアに加え、漢詩人としても名を馳せたにもかかわらず、たいへん慎ましやかな女性であったようです。

「定子の母は有名な高内侍である。しかしながら、一条天皇の御代には昇殿が許されなかったので、行幸や節会（せちえ）などの際には、紫宸殿にだけ参上された。この内侍は本格的な漢詩人で、清涼殿での詩宴には漢詩を奉られたということである。男性よりも優れているとの評判であった。催し事にお召しがあっても、分をわきまえた振る舞いであったのに『女があまり学才に優れて

後宮の女官組織

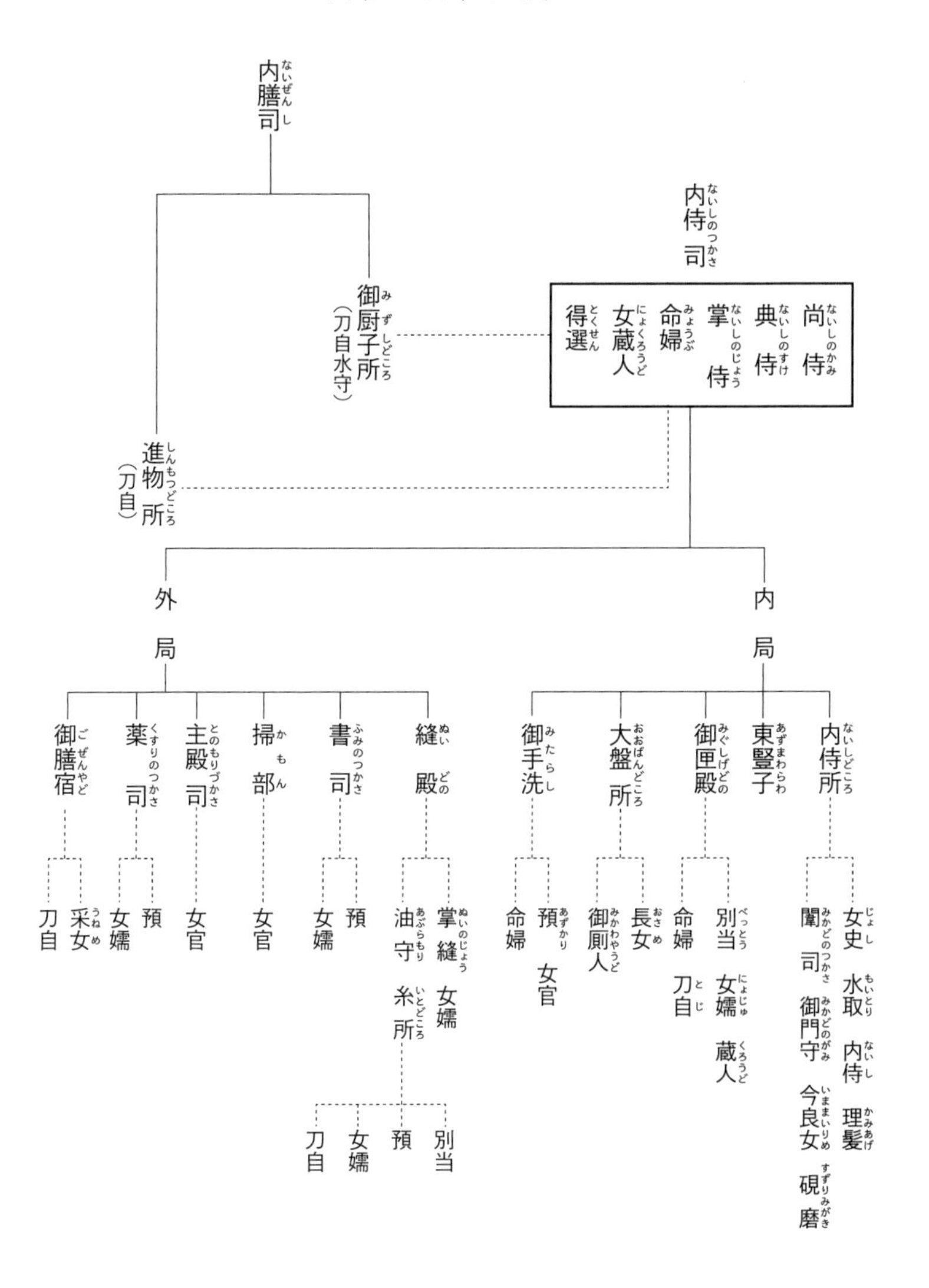
内膳司
御厨子所（刀自水守）
進物所（刀自）
内侍司
尚侍
典侍
掌侍
命婦
女蔵人
得選
外局
内局
御膳宿
薬司
主殿司
掃部
書司
縫殿
御手洗
大盤所
御匣殿
東豎子
内侍所
刀自
采女
女孺
預
女官
女官
女孺
預
油守
掌縫
女孺
糸所
刀自
女孺
預
別当
命婦
預
女官
御厠人
長女
命婦
刀自
別当
女孺
蔵人
闈司
御門守
今良女
硯磨
女史
水取
内侍
理髪

いるのは、なんとなくいけないものだ』と世間の人々がいうようで、高内侍をひどく落胆させた」（『大鏡』）

とあり、漢才があることを鼻にかけませんでした。

さて、平安時代初期には、このように才能溢れる女性が内侍司に勤め、天皇に仕えていたのですが、一〇世紀以降、尚侍は天皇の妃の予備軍として摂関家の娘が就く役職へと変化しました。たとえば、綏子以後、道長の娘である妍子も威子も尚侍となり、その後、東宮妃となるコースをたどっています。

『源氏物語』にも、東宮妃コースを歩む朧月夜尚侍（おぼろづきよのないし）が登場します。右大臣の娘で、弘徽殿大后と同母の妹であった朧月夜を、父も姉も東宮（のちの朱雀帝）に入内させようとしていたのですが、花宴の終了後、偶然出会った光源氏と密会を重ねる関係になってしまうのでした。「賢木（さかき）」の巻には、

「ある夜、急に激しい雷雨に見舞われ、帰宅する機会を失っていると、右大臣が雷雨見舞いに訪れた。娘の装束に直衣（のうし）の帯がまとわりつき、懐紙に歌などを書き散らしたものが几帳の側に落ちているのを発見する。娘を問いつめても返事はなく、失神したようになっている。光源氏は臆面もなく横たわり、右大臣に見つかると、しばらく、夜着に顔を隠していた」

と、瘧病（わらわやみ）で退出していた朧月夜と光源氏の密会の場を父に見られてしまいます。なんとも不敵な行動に驚くばかりですが、このことが遠因となって光源氏は須磨に隠棲することになりまし

た。一方、朧月夜は、再び参内して朱雀帝の后となるという既定路線に戻ることになりました。

つぎに、典侍についてですが、天皇の乳母が任じられることが多く、道兼の妻で一条天皇の乳母であった藤原繁子（はんし）（師輔の娘、三位の乳母と呼ばれる）もその一人で、のちに、乳母子の尊子は一条天皇に入内しています。

『源氏物語』には、源典侍（げんのないしのすけ）と藤典侍（とうのないしのすけ）と呼ばれる二人の典侍が登場します。

源典侍は桐壺帝時代の典侍で、当時ではかなりの老齢（五七〜五八歳）でしたが、家柄も良く、才気がある反面、好色な性格として設定されています。「紅葉賀」の巻では、当時、一七〜一八歳であった光源氏との恋愛関係が内裏で噂になったこと、頭中将とも関係があり、源典侍の局を訪れていた光源氏と頭中将が鉢合わせした翌朝、頭中将の忘れていった指貫（さしぬき）や直衣の帯に消息を添えて、間違って光源氏に届けるなどユーモラスに描かれています。しかし、琵琶の名手で、温明殿（うんめいでん）の辺りから源典侍の奏でる琵琶の音が聞こえてきたときは、光源氏も心打たれたそうです。美人の誉れ高い藤典侍は五節舞姫にも選ばれ、惟光の懇望により典侍となりました。

掌侍は天皇出御に際して、御剣（ぎょけん）・御璽（ぎょじ）をもって従うのをはじめとして、内侍司の実務全般を担っていました。掌侍の下には天皇の儀式あるいは祭祀に奉仕する命婦がおり、清少納言の娘は女房名として上東門院（じょうとうもんいん）小馬命婦（こまのみょうぶ）と称し彰子に仕えました。

さらに、雑役は女蔵人の役目ですが、端午節会に携わる女蔵人は「菖蒲（あやめ）の蔵人」と呼ばれ、天皇から群臣に下賜される菖蒲や薬玉（唐では続命縷という。麝香・沈香・丁子・龍脳・甘松などの香を錦の袋に入れ、菖蒲や蓬などを結びつけ、五色の糸を長く垂れ下げたもの）を親王や公卿に分けて配りました。『枕草子』「なまめかしきもの」の段には、

「若々しく、美しいもの……五月の端午節会に、帝から群臣に賜る薬玉を取り次ぐ女蔵人。髪に菖蒲を挿し、赤紐をつけ、領布や裙帯を纏い、薬玉を立ち並んでいる皇子たちや上達部に手渡す光景は、たいへん優雅である」

とあり、菖蒲の蔵人が節会の主役のようでもあります。

天皇の朝夕の食事である大床子御膳には得選が携わるなど、内侍司で働く女官は天皇の儀式から日常生活に至るまで、密接に関わっていました。

内侍司の下には、内侍所や大盤所など「所」と呼ばれる下部組織があり、女官は「にょうかん」と読み、上部組織と区別されました。内侍所には、女史・闈司（諸門の鍵の管理）・理髪・水取（飲料水等の管理）・御門守・内侍・今良女（雑役に従事）たちがおり、身分の高い者でも受領層の中級貴族の娘たちで、多くは下級貴族か上層庶民の出身でした。『延喜式』に女官の総数は三五八人と規定されていましたが、実際にはかなり規定を上回る人数であったと想像されます。

❖宮仕えをして世間を知る

天皇の后や、貴族の家に仕える女性を女房といい、清少納言、紫式部、赤染衛門、和泉式部、伊勢など、名だたる女流文学者や歌人も女房として宮仕えをしました。

彼女たちは中流あるいは下流貴族、受領層の娘たちで、女房名は夫や父、兄の官職名に因むものが多かったようです。たとえば、清少納言は父の清原の一字「清」と近親者に少納言となった者がいたことから命名され、紫式部も父の藤原為時の役職に由来して、もとは藤式部と呼ばれていたのが、のちに紫式部となったといわれています。

さて、清少納言や紫式部は、なぜ、宮仕えを始めたのでしょうか。『枕草子』「生ひ先なく」の段に、

「平凡な結婚をして、ささやかな家庭の幸福に浸るよりも、宮仕えに出るべきだ。身分の高い家柄の娘などは宮仕えをして、広く世の有様を経験し、典侍などをしばらくのあいだでも勤めさせてやりたいものだと思う……宮仕えをする女房を、一概に軽薄で感心しないと考えている男性は、本当に憎たらしい」

と、清少納言は宮仕えは世の中を知るために役立つ職業であると記しています。

さて、有力貴族の娘が入内するとき、実家から選りすぐりの女房たちが付き従うことは先に

も記しましたが、『栄花物語』「かゞやく藤壺」の巻には、彰子入内に際して容姿や気立てを吟味した女房四〇人、女童六人、下仕六人を選んだと記されています。その後も、妍子、嬉子、威子など彰子の妹たちの場合も、同じようにして選ばれた女房たちが付き従いました。

入内ののち、中宮や皇后に冊立されると、実家から付き従ってきた女房のなかから、「女房三役」と呼ばれる宣旨（天皇の口勅――天皇が直接、伝える言葉――を蔵人に伝える）・御匣殿別当（中宮の装束を調える）・内侍が任命されました。一例をあげると、天元五年（九八二）四月七日、藤原遵子が円融天皇の中宮となったときは、宣旨は遵子の姉で源重信の妻である詮子、御匣殿別当には従兄弟の藤原佐理の妻淑子、内侍は藤原陳忠の妻近子が任命されました。また、中宮の乳母は従五位下に叙せられ、彰子の場合は源信子と源芳子が、その栄に浴しました。

女房三役の任を親族で固めることは、妬みや嫉みの多い後宮において、中宮や皇后の精神的な支えとなったことでしょう。

一一世紀に入ると、身分の高い女性も宮仕えすることが多くなってきました。たとえば、藤原実資は源憲定（村上天皇の孫）から一八歳になった娘の宮仕えについて相談を受けました。そのことを『小右記』長和二年（一〇一三）七月一二日の条に、

「先日来、上東門院（彰子）様から、しきりに娘を出仕させるようにいわれている。憲定は反対だが、源俊賢に相談してみたら、『いたしかたないだろう。再度仰せがあれば、そのうちにと答えておくのはどうだろうか』という。内心、反対だが、明言しなかった。この頃は太政

大臣や大納言の娘が、父の死後、みな宮仕えしていて、世の非難するところとなっている。父が存命なのに出仕したのは、藤原正光の娘（光子）以外に聞いたことがない。しかも憲定は式部卿宮為平親王の息子であるのに、その娘を出仕させるとは、はなはだ憐れむべきことである。末代の卿相（公卿のこと）の娘は、先祖に恥を残すことになるだろう」

と記し、天皇の曾孫に出仕を要請するなど、もってのほかといわんばかりに反対しています。

しかし、道長の娘たちからは、入内ができそうな上級貴族の娘たちに対して、女房とすべく出仕の要請を繰り返しました。道長の兄で左大臣も務めた道兼の娘は、父の死後（享年三五歳）、従姉妹に当たる威子からの出仕要請を断り切れず、泣く泣く宮仕えを始めました。父の邸宅にちなんで二条殿と呼ばれ、威子の筆頭女房として厚遇されましたが、父が存命ならば入内も夢ではなく、運命の悪戯を呪ったにちがいありません。

『栄花物語』「あさみどり」の巻に「昨日の淵は　今日の瀬（『古今和歌集』の「世の中は　何か常なる　飛鳥川　きのふの淵ぞ　けふは瀬になる」に基づき、人生の転変無常なこと）」とありますが、あまりにも早い道兼の死が娘の人生を狂わせたといえるでしょう。このような風潮を危惧したのでしょうか、藤原伊周（一〇一一年死去）は死期を悟ったとき、あとに残る二人の娘に、

「最近は天皇の皇女や太政大臣の娘であっても、みな宮仕えをしているようである。自分が死んだら、どんなにか娘たちを欲しいと思う人が多くなることだろう。しかし、それは末代の恥になることだから、絶対にしないでほしい」（『栄花物語』「はつはな」の巻）

との遺言を残しました。さらに、「つぼみ花」の巻にも、

「この頃は、身分の高い人の妻女がみな宮仕えに出払ってしまい、家に籠もっているのは、よほどの事情がある者……こんな有様なら、そのうち皇女でも女房として出てきそうだ」

と、身分の高い女性も宮仕えすることが多くなってきていることが記されています。

❖宮仕えの悲哀

清少納言は正暦四年（九九三）頃から八年間ほど、定子の私的な女房として仕えました。出仕当初、内裏の生活は驚くことばかりのようで、天皇の食事の支度について『枕草子』「清涼殿の丑寅の隅の」の段に、

「昼御座（ひのおまし）のほうでは、天皇の食膳を運ぶ蔵人たちの足音が高い。『おーし！』といって先払いする声が聞こえ、うらうらとのどかな春の有様が、なんともいえずすばらしい。最後の食膳を運んだ蔵人たちがこちらに来て、食膳の準備が整ったことを奏上すると、天皇は中の間を通って昼御座にお出ましになる」

と、宮仕えの日が浅い清少納言は、蔵人が天皇の朝夕の食膳を運ぶさま、御膳が整ったことを奏上するさまなど、目慣れぬ宮廷の食事作法の奥ゆかしさに感嘆しています。

さらに、内裏特有の夜に行われる習慣について、興味があったものを述べています。

ひとつは、名対面といって亥の刻（午後一〇時頃）、殿上の間において行われる宿直を勤める殿上人の点呼で、

「殿上の間で行われる名対面は、内裏の日課として、やはり興味深いものだ……点呼が終わって出て行くのを、女房たちが弘徽殿上御局の東側で、耳を澄まして聞いている。そのなかで、恋人の名が聞こえたとき、はっと胸がつまる思いをする女房がいたりする。また、しばらく音信不通になっている男の名を聞いたときは、どんな思いをしているのだろうか。女房たちが、名前が良いとか悪いとか、声が悪いとか品定めするのも興味深い」（「殿上の名対面こそ」の段）

と、女房たちの心模様や、楽しそうな会話の様子が記されています。また、「時奏する」の段にも、

「時刻を奏するのは、とてもおもしろい。ひどく寒い夜中に、ごとごとと音を立て、沓を摺りながらやって来て、弦を打ち鳴らして『何の誰それ、丑三つ、子四つ』などと、遠くから聞こえる声でいう。時の簡を杭にさす音など、たいそう趣があっておもしろい」

と記し、左右の近衛府の官人が三〇分ごとに時間を知らせる声を趣深く感じているのです。

清少納言は、内裏の調度品にも興味を示し、「清涼殿の丑寅の隅の」の段に、

「清涼殿の東北の隅の北の隔てに立ててある御障子には、荒海の絵や恐ろしい姿をした人物——手長、足長——が描いてある。弘徽殿上御局の戸が開いているので、いつも目に入り、みなで『気味が悪い』などといって笑っている」

とあって、「荒海障子（あらうみのしょうじ）」と呼ばれる屏風に描かれた、やたらと手の長い人物（手長）と、やたらと足の長い人物（足長）の図様に驚いています。中国古代の『山海経』を画題としているそうですが、不気味な図柄ですね。

さて、紫式部は夫藤原宣孝と死別した後、寛弘二年（一〇〇五）あるいは、三年くらい頃から彰子に仕えました。宮仕えの一端は『紫式部日記』より知ることができますが、注目すべきは同僚批評を繰り広げている部分です。まず、和泉式部については、

「感心できない部分がある。和歌はたいへん見事であるが、和歌の知識や理論は本格派歌人の風格ではない。口から出まかせに詠んだ和歌の中には良いものもあるが、和歌については無知に等しい。頭の下がるような歌人とはいえない。赤染衛門のことを中宮様の前などで『匡衡衛門』と、あだ名で呼んでいるのもいかがなものか」

と、和泉式部の詠んだ和歌のすべてが秀歌とはいえないと批判的です。

さらに、和泉式部が恋愛遍歴を重ね、大スキャンダルを引き起こすような行状を鑑みて、尊敬できる歌人とはいい難いと考えているようです。それにひきかえ、赤染衛門こそ本格的な歌人というのにふさわしく、紫式部の耳に入っている限りでは、すばらしい和歌を詠んでいると賞賛しています。

宮仕えの時期も異なり、面識がなかったといわれる清少納言についても、女房たちの噂話にでも上ったのでしょうか、漢才があることを前面に押し出した振る舞いを不快と感じたようで、

「人より一段上にいようとして、センスの良さをみせびらかそうとする。こんな軽薄な女の末路は良いはずがない」とまでいい放っています。

また、紫式部を目の敵にして、悪口をいいふらしている左衛門内侍にも不快感を募らせていました。後宮における女房同士の人間関係も複雑だったのでしょう。

さて、菅原孝標女は祐子（ゆうし）内親王（後朱雀天皇の皇女。一〇三八〜一一〇五年）に仕えましたが、わずか一年ほどで、宮仕えを辞しています。

長暦三年（一〇三九）の冬頃、良縁にも恵まれず、三二歳になっていた彼女を見かねて、「何もせずに、ぼんやり心細く暮らしているよりは、出仕してはどうか」と勧めてくれる人がいました。父親は宮仕えは辛いものだと決めつけ、反対するのですが、「最近は、みな、出仕するものですよ。そうすれば、自然と幸運に巡り会う機会があるというものです」といってくれる人たちもあって、しぶしぶ父親も了解し、菅原孝標女は宮仕えすることになりました。とりあえず、一晩だけお目見得の出仕をするのですが、『更級日記』に、

「野暮ったい世間知らずの私の気持ちでは、かえって、決まり切った家庭生活よりは、宮仕えでおもしろいことも見聞でき、気がはれると期待するところもあった。しかし、実際にはきまり悪く、悲しい思いをしなければならないものだった。けれど、今さらどうにもならない。明け方には退出した」

と、宮仕えの現実を知った不安な気持ちを正直に綴っています。一二月には一〇日ほど出仕し、

局を与えられたのですが、周囲に気兼ねして眠れなかったり、局の外で立ち聞きや、覗き見をしたりする人の気配に悩まされたりで、休みがちになっていきました。家族以外の人と生活したことがない孝標女にとって順応できないことばかりだったのでしょう。

❖宮仕えで煌びやかな女房装束を纏う

平安女子の正装は俗に「十二単」と呼ばれていますが、平安時代にこの語はなく、わずかに『源平盛衰記』の壇ノ浦における建礼門院（高倉天皇中宮平徳子）入水の場面で「女院は後奉らじと……弥生の末の事なれば、藤重（ふじがさね）の十二単の御衣（おんぞ）を召されたり」の一例があるだけです。学術的には唐衣と裳が正装に不可欠な服具であることから「唐衣裳（からぎぬも）装束」、あるいは貴人に仕える女房たちに着用されたことから「女房装束」と呼びます。

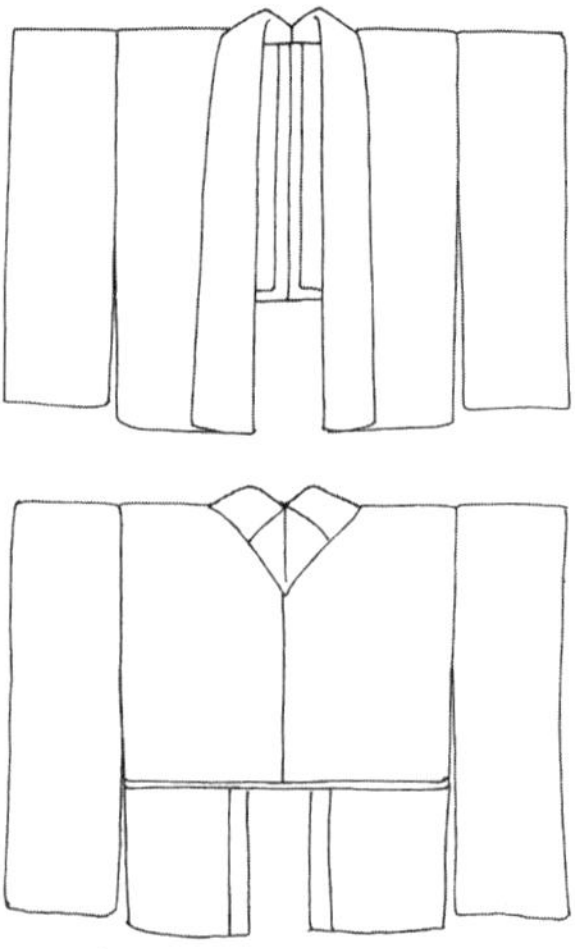

唐衣

上半身のいちばん上に着る唐衣は、一説に奈良時代後期に着用された背子（はいし）が変化したものといわれる腰丈程度の上半身衣で、『枕草子』「などて、官（つかさ）得はじめたる六位の笏に」の段に、

唐衣裳装束

「どうして、唐衣なのでしょう。短い衣といえばよいのに。でも、唐土の人の着るものだから、そう呼ぶのでしょう」
とある記述は形態（右頁の図参照）を的確に捉えているといえます。青色と赤色ならびに二倍織物は禁色（勅許によって着用が許される服具の色目および織物）とされ、衿や袖には螺鈿（鸚鵡貝・夜行貝・鮑貝・蝶貝などの真珠光を放つ部分を取って、薄片にしてはめ込んだ装飾）、置口（金銀を用いた縁取り装飾）、刺繡などの装飾を施したものもありました。
　唐衣と裳は、もっとも儀礼的な意味を持つ服具で、貴人の前に出るときには必ず着けなければならないことはすでに述べたとおりですが、『源氏物語』「幻」の巻に、
「中将の君が東の間でうたた寝しているそばを、光源氏が通っていった……中将の君は紅の黄味

をおびた袴、萱草色（やや黒みを帯びた黄色）の単、たいそう濃い鈍色の袿に黒い表着を重ねた喪の装いで、脱いでいた裳や唐衣をあわてて引き掛けた」

とあるように、侍女である中将の君が主人光源氏の突然の来訪に驚き、大あわてで裳と唐衣を着装した微笑ましい光景がみてとれます。


下半身の最上衣である裳は、素材のほか、部分的な装飾に贅が凝らされました。とくに、裳の装飾は大腰に集中し、唐衣同様、刺繡や羅鈿、置口など華麗な技法の装飾が施されたのでした。たとえば、『紫式部日記』に寛弘五年（一〇〇八）九月一一日に行われた敦成親王御湯殿の儀に勤仕した二人の女房の装いを見てみると、

「御湯殿の儀は酉の刻（午後六時頃）に行われた……邪気払いの『虎の頭（虎の頭部の形に似せた作り物）』を持つ宮の内侍の唐衣は松の実の模様、裳は海賦を織り出し、白一色であるけれど定番の大海の摺り模様をかたどっている。大腰と引腰は羅で製され、唐草が刺繡してある。内裏から遣わされた御剣は小少将の君が掲げ持ち、彼女の裳の大腰には秋の草むらや蝶・鳥などが銀糸で刺繡され、きらきらとしている。宮の内侍のように織物の裳を着けられる身分ではないから、大腰と引腰だけに凝った装飾を施したのであろう」

と記されています。妊婦をはじめ出産に関わる女性の装束は白一色で調えられることになっていましたが、夜間に行われる儀式であることを勘案して、夜目にも鮮やかにみえる銀糸を用いたのでしょう。四日後の九月一五日夜、道長主催の五日の産養が行われ、奉仕した女房たち

の装いは、

- 大式部――唐衣と裳を同柄で揃え、小塩山の小松原の刺繍がされていた。
- 大輔の命婦―唐衣は何も装飾がないが、裳は銀泥（ぎんでい）で鮮やかに大海が摺り出してある。
- 弁の内侍――洲浜や鶴を銀泥で摺り出した斬新な裳で、松が枝の刺繍がある。

でした。とくに、注目すべきは大式部の裳で、「小塩山の小松原」というのは紀貫之の「大原や　小塩（おしお）の山の　小松原　はやこだかかれ　千代の蔭みむ（大原の小塩山の小松の群生よ。早く木高くなれ。千年にわたって栄え繁った木蔭をみよう）」の趣向を刺繍で表現したものでした。このように和歌を主題とする文様表現は「本歌持ち文様」と呼ばれます。和歌を模様で表現するなんて、心憎い意匠ですね。

さらに、一〇月一六日には、一条天皇が敦成親王と対面するために、道長の邸宅である土御門殿に行幸しました。天皇の到着は辰の刻（午前八時頃）ということで、女房たちは日が上がる前から髪を梳かしたり、化粧をしたりするのにおおわらわで、天皇が定刻に到着することは予想外だったため、あわてて参上したことなどが『紫式部日記』に記されています。天皇付きの女官の装束は、

「草薙剣（くさなぎのつるぎ）を持つ左衛門の内侍は、青色の無紋の唐衣に裾濃（すそご）の裳を着け、領布（ひれ）・裙帯（くたい）は浮線綾（ふせんりょう）

を櫨緂に染めたもの。菊襲の表着、その下に紅の打衣を着ている……八坂瓊勾玉の入った筥を運ぶ弁の内侍は、紅の打衣に二倍織物の表着。唐衣と裳は左衛門の内侍と同じ。領布は楝緂」とあり、弁の内侍の姿は「昔、天から下ったと伝えられる乙女子の姿も、このようだったのだろうか」と思えたと、さすが天皇付きの女官であると感嘆の色を隠せませんでした。

一方、土御門殿に控えていた女房たちも、禁色を許された女房は二倍織物の青色か赤色の唐衣、地摺の裳を着け、禁色を許されない女房のうち年長者は青色か蘇芳色の無紋平絹の唐衣、大海の摺裳、若い女房は菊襲の唐衣を思い思いに着用しました。

さらに、儀式が数日におよぶ場合などは、毎日、異なった趣向の唐衣と裳が着用されるのが常で、寛弘六年（一〇〇九）正月、供御薬の儀（正月三が日、長寿を願って屠蘇などを天皇に供する儀式）に給仕役を務めた大納言の君という名の女房の三日間の装束は、

一日　紅の打衣に葡萄染の表着。赤色の唐衣。地摺の裳。
二日　紅梅の織物の表着。青色の唐衣。色摺の裳。
三日　唐綾の桜襲の表着。蘇芳の織物の唐衣。

と贅を凝らしたものを、すべて女主人が用意したそうですから、宮仕えをしていなければ、到底、着用することができない豪奢な装束だったといえます。

❖親王の乳母となる

清少納言ほどキャリアを積んだ女性でも、羨ましいと思える職業がありました。『枕草子』「うらやましげなるもの」の段には、うらやましく感じるものが数多く記されていますが、そのひとつに「帝や東宮の乳母(めのと)に選ばれた人」をあげています。

乳母になるためには、後宮女官や女房と異なり、将来の天皇や東宮が誕生する時期にみずからも出産し、授乳できなければなりませんから、乳母に選ばれるのは容易ではありません。

さて、乳母が歴史上、最初に登場するのは『続日本紀(しょくにほんぎ)』文武天皇四年(七〇〇)一一月二八日の条で、

「大和国葛城郡(かつらぎのごおり)の鴨君粳女(かものきみぬかめ)が三男一女を出産した……乳母一人を賜った」

とあり、一度に多産した家に朝廷から乳母一人が派遣されたということです。三人もの乳児を育てるのに、到底、母親一人の乳では足りないであろうとの配慮からとはいえ、手厚い子育て支援といえますね。

平安時代には、一般に親王の乳母は四人との規定があり、詮子がのちに一条天皇となる懐仁親王を出産したときには、藤原繁子・橘徳子(とくし)(橘仲遠(なかとう)の娘。橘為義の伯母)・源奉職の妻と他一名が選ばれました。藤原繁子の二度目の夫平惟仲(これなか)と橘徳子の夫藤原有国(ありくに)は、ともに兼家の家司を

務め、夫婦ともども兼家父子に仕えました。

さらに、彰子が出産した敦成親王の乳母には、道綱の娘の藤原豊子（大江清通の妻。女房名は宰相の君）・藤原基子（藤原親明の娘。源高雅の妻）・藤原美子（藤原惟憲の妻）姉妹・橘為義の妻（大江清通の娘。女房名は少輔）・橘徳子（一条天皇の乳母も務めた）など七人の乳母が選任されました。なかでも、大江清通の妻と娘の二人、橘徳子と橘為義の妻は伯母と姪の関係で、ともに乳母に任じられたことになります。また、惟憲、高雅、為義は道長の家司を務め、その妻が乳母になっていることは一条天皇の先例に倣ったものかもしれません。それにしても、見事に乳母は血縁者と信頼のおける関係者で占められていますね。

さて、清少納言は、なぜ、帝や東宮の乳母に選ばれた人を羨ましく思ったのでしょうか。紫式部の娘である藤原賢子（九九九？～一〇八二年）の系譜から、その理由を探ってみましょう。

賢子は彰子の妹の嬉子に女童として仕え、万寿二年（一〇二五）、嬉子が親仁親王を出産すると、乳母に任じられました。すでに述べたように、嬉子は親仁親王出産の二日後に薨去していますから、親仁親王は乳母である賢子を実母のように慕っていたかもしれません。寛徳二年（一〇四五）、親仁親王が即位して後冷泉天皇となると、賢子は典侍となり、三位に叙せられ、大弐三位あるいは、藤三位と呼ばれるようになりました。中宮の乳母も叙位がありますが、従五位下ですから、天皇の乳母ともなれば破格の叙位といえます。『枕草子』「位こそ、なほめでたきものあはれ」の段にも、「位こそ、やはりこの上なくすばらしいものだ……内裏で、帝の乳母は、典侍や三位などになってしまうと重々しいものであるが、普通の身分のものが高い身分になることは幸運に恵まれている」と記されています。また、「身をかへて」の段にも、

「『天人に生まれ変わる』とは、こういうことだろうかと思われるのは、平凡な女房として側近に仕えていた人が、高貴な身分の幼児の乳母になったとき。貴人の前にもかかわらず、唐衣も着ないで、場合によっては裳も着けない身なりで、貴人の側近くで御子に添い寝をし、御帳(みちょう)台(だい)の内を生活の場にして、女房たちを呼んでは用事をいいつけたりしている」

とあって、親王ならずとも高貴な身分の家に生まれた子供の乳母の専横ぶりが窺えます。

　さらに、「かしこきものは」の段に、

「恐れ入ってしまうもの。なんといっても乳母の夫。帝や皇子たちなどの場合は、いうまでもないので、あえて言わない。その次の身分の家々や国司の家などでも、身分それぞれに応じた信頼ある扱い方をするので、乳母の夫は大きな顔をして、自分もすっかり主人の支えがある気になり、男児の場合は、ぴったりと付き添って世話を焼き、少しでも男児に背く者がいると咎め、悪口をいったり始末におえない。この乳母のやり口に不満を漏らす者もいないので、得意になって、えらそうな顔つきで人に指図したりしている」

と、乳母ばかりか、その夫の横暴な態度も許されていたようです。

　賢子は長和六年（一〇一七）頃、道兼の次男で、彰子・嬉子などの従兄弟にあたる兼隆と結婚して一女をもうけましたが、長暦元年（一〇三七）頃までには高階成章(たかしなのなりあき)と再婚しています。

成章は親仁親王が即位すると、位階も昇進し、天喜二年（一〇五四）大宰大弐に任用され、翌年には従三位に叙せられました。息子の為家も周防守・美作守・播磨守・伊予守・近江守などの国司を歴任しました。

父子ともどもトントン拍子の出世を果たしたのは、賢子が天皇の乳母を務めていたからに他なりません。このように、帝や東宮の乳母となると、夫や子供の栄達も夢ではありませんから、清少納言が羨ましく思うのも当然のことではないでしょうか。

Ⅷ 神に仕える内親王と女王

❖伊勢の神に仕えた斎宮

天皇の祖先といわれる天照大神を祭神とする伊勢神宮には、未婚の内親王、あるいは女王が斎宮（「いつきのみや」とも読む）として仕えました。崇神天皇が皇女豊鍬入姫命を斎宮としたのにはじまり、祥子内親王（後醍醐天皇の皇女。在任期間一三三三〜一三三六年）まで七六人の女性が奉仕しました。

斎宮は居所である斎宮寮のなかから、日々、伊勢神宮を遥拝し、三時祭（三節祭ともいう）と称される六月・一二月の月次祭と、九月の神嘗祭（新穀を大御饌として祭神に供える祭儀）にのみ、伊勢神宮へ赴き、神事に奉仕する潔斎の日々を送りました。

斎宮の決定には、亀卜が用いられました。亀卜とは亀の甲を一定の作法で焼き、生じたひび割れによって吉凶を占うもので、この方法で幾人かの候補者のなかから斎宮が卜定されました。

斎宮と定められた女性は、ただちに「初斎院」といい、大内裏のなかにある雅楽寮、宮内省、主殿寮、左右近衛府などの殿舎を潔斎所として、一年間、心を清め、禁忌を犯さない斎戒生活を送りました。翌年八月上旬には、京外の清浄な地（平安時代以降は主に嵯峨野）に「野宮」を定め、斎宮卜定から三年目の九月まで、斎戒して伊勢下向に備えました。

野宮は、斎宮一代で取り壊す習わしがあり、『源氏物語』「賢木」の巻に、

「野宮は簡単な小柴垣を外囲いにした簡素な造りである。殿舎も仮普請のようで、黒木の鳥居が神々しく感じられる」

と記されているように、簡素な殿舎で、樹皮をつけたままの丸太を用いた黒木の鳥居が立てられました。鳥居は結界を示すもので、黒木の鳥居は野宮の象徴となっていました。

花山天皇の斎宮であった済子女王（醍醐天皇の一三皇子章明親王の娘。生没年不明。在任期間九八四〜九八六年）は、寛和元年（九八五）九月二日に初斎院（左兵衛府）に入り、同月二六日、野宮に移りました。初斎院の期間が短かったため殿舎が未完成であったことに加え、禊所の前方に葬送の火がみえたことから不吉だと囁かれていたところ、同月二八日、盗賊が押し入り、侍女の装束が盗まれるという前代未聞の事件が起こりました。斎戒生活でもっとも忌み嫌われるのは不浄なことですから、清浄であるべきところから葬送の火がみえるなど論外だったのでしょう。

さて、野宮に移るにあたって御禊を行うのですが、その初見は桓武天皇の斎宮となった布勢内親王（桓武天皇の皇女。?〜八一二年。在任期間七九七〜八〇六年）で、葛野川で行うのが通例となりました。ただし、賀茂川で行ったとの記録もみられます。『源氏物語』「葵」の巻には、

「六条御息所の娘である斎宮（のちの秋好中宮）は、昨年、内裏（初斎院）に入るはずであったが、いろいろな差し障りがあって、この秋に斎戒生活の第一歩を踏み出すことになった。そして、九月には、そのまま野宮に移るので二度目の御禊の日の準備に邸の人々は忙殺されている」

とあり、初斎院と野宮に入る前に御禊を行ったことがわかります。

平安時代の斎宮一覧

在任時天皇	斎宮名	期間（年）	続柄	その他
桓武天皇	朝原内親王	782～796	桓武天皇皇女	平城天皇妃（退下後）
	布勢内親王	797～806	桓武天皇皇女	
平城天皇	大原内親王	806～809	平城天皇皇女	
嵯峨天皇	仁子内親王	809～823	嵯峨天皇皇女	
淳和天皇	氏子内親王	823～827	淳和天皇皇女	
	宜子女王	828～833	桓武天皇孫 仲野親王娘	
仁明天皇	久子内親王	833～850	仁明天皇皇女	
文徳天皇	晏子内親王	850～858	文徳天皇皇女	
清和天皇	恬子内親王	859～876	文徳天皇皇女	
陽成天皇	識子内親王	877～880	清和天皇皇女	
	掲子内親王	882～884	文徳天皇皇女	群行なし
光孝天皇	繁子内親王	884～887	光孝天皇皇女	
宇多天皇	元子女王	889～897	仁明天皇孫 本康親王娘	
嵯峨天皇	柔子内親王	897～930	宇多天皇皇女	
朱雀天皇	雅子内親王	932～936	醍醐天皇皇女	藤原師輔継妻（退下後）
	斉子内親王	936～936	醍醐天皇皇女	群行なし
	徽子女王 （斎宮女御）	936～945	醍醐天皇孫 重明親王娘	村上天皇女御（退下後）
村上天皇	英子内親王	946～946	醍醐天皇皇女	群行なし
	悦子女王	947～954	醍醐天皇孫 重明親王娘	
	楽子内親王	955～967	村上天皇皇女	
冷泉天皇	輔子内親王	968～969	村上天皇皇女	群行なし
円融天皇	隆子女王	970～974	醍醐天皇孫 章明親王娘	
	規子内親王	975～984	村上天皇皇女	

在任時天皇	斎宮名	期間（年）	続柄	その他
花山天皇	済子女王	984 ～ 986	醍醐天皇孫 章明親王娘	群行なし
一条天皇	恭子女王	986 ～ 1010	村上天皇孫 為平親王娘	
三条天皇	当子内親王	1012 ～ 1016	三条天皇皇女	
後一条天皇	嫥子女王	1016 ～ 1036	村上天皇孫 具平親王娘	藤原教通継妻（退下後）
後朱雀天皇	良子内親王	1036 ～ 1045	後朱雀天皇皇女	
後冷泉天皇	嘉子内親王	1046 ～ 1051	三条天皇孫 敦明親王娘	
	敬子女王	1051 ～ 1068	三条天皇孫 敦平親王娘	
後三条天皇	俊子内親王	1069 ～ 1072	後三条天皇皇女	
白河天皇	淳子女王	1073 ～ 1077	三条天皇孫 敦賢親王娘	
	媞子内親王 （郁芳門院）	1078 ～ 1084	白河天皇皇女	
堀河天皇	善子内親王	1087 ～ 1107	白河天皇皇女	
鳥羽天皇	恂子内親王	1108 ～ 1123	白河天皇皇女	
崇徳天皇	守子内親王	1123 ～ 1142	後三条天皇孫 輔仁親王娘	
近衛天皇	妍子内親王	1142 ～ 1150	鳥羽天皇皇女	
	喜子内親王	1151 ～ 1155	堀河天皇皇女	
後白河天皇	亮子内親王 （殷富門院）	1156 ～ 1158	後白河天皇皇女	群行なし
二条天皇	好子内親王	1159 ～ 1165	後白河天皇皇女	
六条天皇	休子内親王	1167 ～ 1169	後白河天皇皇女	群行なし
高倉天皇	惇子内親王	1169 ～ 1172	後白河天皇皇女	
	功子内親王	1177 ～ 1179	高倉天皇皇女	群行なし
後鳥羽天皇	潔子内親王	1185 ～ 1198	高倉天皇皇女	

斎宮は天皇の崩御、退位のほか、斎宮の近親者の死去などによって「退下（たいげ）（任を終えること。奈良時代から平安時代中期までは「退出」と称した）」し、都に戻ることが許されました。

歴代斎宮のなかには数十年も務めた内親王・女王も存在し、柔子（じゅうし）内親王（宇多天皇の皇女で、醍醐天皇の同母妹。?～九五九年）は寛平九年（八九七）に卜定され、延長八年（九三〇）に醍醐天皇が譲位するまでの三四年もの長きにおよびました。

さらに、一条天皇の斎宮であった恭子（きょうし）女王（村上天皇の第四皇子為平（ためひら）親王の娘。九八四～一〇一一?年）は、寛和二年（九八六）、わずか三歳で斎宮となり、伊勢下向にともなう諸儀式には乳母に抱かれて臨んだと伝えられています。一七歳のとき、伊勢の地で裳着を行い、寛弘七年（一〇一〇）、父の死によって退下するまで二四年のあいだ斎宮を務めました。

長期間、任を果たした斎宮が存在した反面、在任中に伊勢の地で薨去（こうきょ）した女性もいました。円融天皇の斎宮隆子（たかこ）女王（章明親王の娘。?～九七四年。在任期間九七〇～九七四年）は、当時、全国的に流行していた疱瘡に罹患して命を落としました。また、高倉天皇の斎宮惇子（じゅんし）内親王（後白河天皇の皇女。一一五八～一一七二年。在任期間一一六八～一一七二年）も急病によって亡くなったとの記録があります。

さらに、伊勢に赴くことなく退下を余儀なくされた斎宮もいました。記録によれば、

- 掲子（ながこ）内親王（文徳天皇の皇女で、陽成天皇の斎宮。?～九一四年。在任期間八八二～八八四年）――

陽成天皇崩御のため。

- 斉子内親王（醍醐天皇の皇女で、朱雀天皇の斎宮。九二一〜九三六年。在任期間九三六〜九三六年）
——本人薨去のため（享年一六歳）。
- 英子内親王（醍醐天皇の皇女で、村上天皇の斎宮。九二一〜九四六年。在任期間九四六〜九四六年）
——本人薨去のため（享年二六歳）。
- 亮子内親王（後白河天皇の皇女で、後白河天皇の斎宮。一一四七〜一二一六年。在任期間一一五六〜一一五八年）——後白河天皇退位のため。
- 功子内親王（高倉天皇の皇女で、高倉天皇の斎宮。一一七六〜?年。在任期間一一七七〜一一七九年）
——母死去のため。

と理由はさまざまですが、初斎院あるいは野宮から退下しました。

❖伊勢下向への儀式

斎宮は初斎院・野宮での潔斎生活を経て三年目の九月、野宮を出て御禊の後、伊勢の斎宮寮へ群行することになります。

当日、内裏において発遣の儀が執り行われますが、その次第を『江家次第』や『西宮記』などからみていくことにしましょう。

- 天皇、白装束を着けて大極殿に出御（天皇が物忌の場合は摂政・関白が代行）。
- 斎宮は野宮を出て葛野川で御禊を行い、松尾社で奉幣の後、大極殿に到着。
- 天皇は「斎内親王を奉進らしむるなり。これ恒例に依りて三箇年は斎まはり清まはりて、天照大神の御杖代に定め奉進る内親王ぞ。中臣宜しく、吉しく、申して奉進れ」と宣命する。
- 天皇は斎宮を召し寄せ、みずから斎宮の額に黄楊櫛を挿し、治世が長く続き、斎宮が伊勢の地に長く留まってくれるようにと「都の方におもむきたもうな」と告げる（この儀を「別れの挿櫛」、あるいは「別れの御櫛」という）。
- その後、斎宮は葱華輦（輿の屋上に金色の葱の花の飾りを付したもの）に乗り、群行出発。五〇〇人にもおよぶ大行列。

さて、天皇と斎宮が行う「別れの挿櫛」について『大鏡』に、「斎宮が伊勢に下向するにあたって、別れの儀式で帝が斎宮の髪に櫛を挿してからは、大極殿を後にする際、お互いに振り返ってはならない掟になっています。しかし、三条天皇は別れがたく、思わず斎宮当子内親王（一〇〇一～一〇二二年。在任期間一〇一三～一〇一六年）のほうを振り返って御覧になった。道長は『不可解（理解できない）なことだ』と申し上げた。やはり、当子内親王の晩年は不幸なことでした」と記されています。当子内親王の晩年には、どのようなことがあったのでしょうか。

長和元年（一〇一二）、当子内親王は父三条天皇の即位にともない、一二歳で斎宮に定められました。長和三年（一〇一四）に伊勢に群行したのち、異例の託宣を二度も発しています。一度目は『小右記』長和三年六月二七日の条に「近年は内親王を斎宮に選定しないことが多いが、三条帝は志が深く、内親王を選定した。それにより皇位は一八年続くであろう」とあり、二度目は翌長和三年閏六月一〇日の条に「伊勢神宮に怪奇な事が起こらないので、治世は長く続くだろう」と記されているのですが、父帝の治世が長く続くようにとの願いだったのでしょうか。しかしながら、当子内親王の願いもむなしく、伊勢群行から二年後、三条天皇は退位しました。当子内親王が帰京してしばらくたったころ、伊周の息子である藤原道雅と密通しているとの噂が立ちました。

『御堂関白記』によると、道雅は三条天皇の逆鱗に触れて勅勘（ちょっかん）（勅命によって勘当されること）となり、二人の手引きをした乳母の中将内侍も追放されたといいます。退下してからのことだからと同情する声もあったようですが、二人は引き裂かれ、当子内親王は失意のうちにみずから落飾（高貴な人が髪をそり落として仏門に入ること）し、六年後に薨去したそうです（『小右記』寛仁元年〔一〇一七〕一一月三〇日の条）。道雅が詠んだ「今はただ　思ひ絶えなむ　とばかりを　人づ

てならで　言ふよしもがな（今となっては、あなたへの思いをあきらめてしまおうということだけを、人づてではなく、あなたに直接逢って伝える方法があってほしいものだ）」は、当子内親王へ贈った別れの私歌といわれています。波瀾万丈な晩年の展開でしたね。

さて、『源氏物語』「賢木」の巻には、朱雀帝の即位にともない、六条御息所の生んだ姫君（のちの秋好中宮）が斎宮に卜定され、伊勢下向までの様子が描かれています。群行の出発日が決定すると、

「光源氏は伊勢下向に必要な旅行中の装束を六条御息所はじめ、女房たちの分も調え、餞別とした……若い斎宮は出立の日が決まって喜んでいた。世間では母親が同行することは異例だと非難したり、また、強い母心に同情したりしていた」

と、六条御息所が幼い斎宮とともに、伊勢へ下向するのは異例だと記しています。母心であることは間違いないでしょうが、六条御息所をこのように決断させたのは、光源氏の愛情に頼りなさを感じていたからだったようです。

しかし、母親が伊勢へ同行した実例があり、天延三年（九七五）、村上天皇の皇女規子（きし）内親王（九四九～九八六年。在任期間九七五～九八四年）が二七歳で円融天皇の斎宮に卜定されたときのことです。母である徽子（きし）女王（醍醐天皇の孫。九二九～九八五年。在任期間九三六～九四五年）も八歳のとき、朱雀天皇の斎宮に卜定され、母子二代にわたる斎宮となりました。徽子女王は初斎院から娘に同行し、貞元二年（九七七）、新帝円融天皇の制止を振り切って伊勢へ下向し、人々を驚

かせたそうです。

さて、六条御息所の姫君は、慣例よりも立派に執り行われた葛野川御禊ののち、内裏での発遣の儀をすませ、暗くなってから群行の行列が出発し、二条大路から洞院(西洞院?)の大路を曲がったと描かれています(「賢木」の巻)。

群行の道程についてですが、良子内親王(後朱雀天皇の皇女。一〇三〇〜一〇七七年。在任期間一〇三六〜一〇四五年)の群行に同行した藤原資房(一〇〇七〜一〇五七年)の日記『春記』に詳しく記されています。

それによると、京を出発し、近江国(現滋賀県)の国府と甲賀の垂水、伊勢国(現三重県)の鈴鹿と壱志に設けられた頓宮(仮の宮)に各一泊し、六日目に斎宮寮に入りました。このルートは仁和二年(八八六)の繁子内親王(光孝天皇皇女。?〜九一六年。在任期間八八四〜八八七年)の群行に際して採用されたもので、それ以前は伊賀国を通る「伊賀越え」でした。

斎宮は群行中も身を清めることが求められ、山城国(現京都府)の白川、近江国の瀬多川(現瀬田川)・甲賀川、伊勢国の鈴鹿川・下樋小川で御禊を行いました。光源氏は娘に随行している六条御息所にあてて、

「振り捨てて　今日は行くとも　鈴鹿川　八十瀬の波に　袖は濡れじや(私をすてて、今日は旅立って行かれるが、鈴鹿川を渡るときに袖を濡らして後悔されないでしょうか)」

と、鈴鹿川を詠んだ和歌を贈りました。翌日、逢坂関の向こうから、

「鈴鹿川　八十瀬の波に　濡れ濡れず　伊勢まで　たれか思いおこせ（鈴鹿川の八十瀬の波に袖が濡れるか濡れないかを、伊勢に行った先まで、誰が思い起こしてくださるでしょう）」と六条御息所の返歌があります。群行中にも和歌の贈答をするなんて、なんと優雅なことでしょうか。

❖王城鎮護の神である賀茂大神に仕えた斎院

平安時代初期、平城上皇（七七四〜八二四年。在位八〇六〜八〇九年）と嵯峨天皇（七八六〜八四二年。在位八〇九〜八二三年）が対立して都を元の平城京に戻そうとしたことがありました。いわゆる、弘仁元年（八一〇）に起こった薬子（くすこ）の変のことです。

嵯峨天皇は、この混乱を鎮めるために平安京遷都以来、王城鎮護の神とされた賀茂大神に皇女を「阿礼少女（あれおとめ）（賀茂神社の神迎えの儀式に奉仕する女性）」として捧げると誓い、神に祈願しました。念願かなって、薬子の変を平定した嵯峨天皇は、賀茂大神にわずか四歳の皇女有智子（うちこ）内親王（八〇七〜八四七年。在任期間八一〇〜八三一年）を捧げたのです。

以後、伊勢の斎宮に倣って、未婚の内親王、または女王を斎院（さいいん）（賀茂斎王（かものさいおう）、賀茂斎（かものいつき）ともいう）として賀茂神社に仕えさせました。承久の乱（一二二一年）を境に廃絶するまで、三五人の未婚の内親王、女王の名が記録に残っています。

清少納言は、『枕草子』「宮仕所は」の段に、

「宮仕えしてよいのは、内裏、后の側、后が出産した御子が一品の位を与えられた宮のもと、斎院。斎院は賀茂大神に仕えるため、仏から離れる罪は深いようだけれど、お仕えしてみたい」

と述べ、斎院に仕えることに憧れを持っていたようです。

さて、斎院も斎宮と同様に亀卜によって定められますが、『源氏物語』には二人の斎院が登場します。まず、一人は桐壺帝の皇女である女三の宮で、朱雀帝の斎院に卜定されたことについて、

「前斎院が退下し、弘徽殿女御が生んだ女三の宮が新斎院に卜定された。桐壺帝も女御も、とくに愛情をそそいでいた宮であったので、神に仕える身となるのを辛く感じられていたが、他の姫宮のなかに適任者がいなかった。卜定されて最初の儀式である御禊は、古くから決まったもので簡単に済まされるときもあったが、今回は極めて盛大に行われるらしい」(「葵」の巻)

と、適任者がなかったことや、御禊は賀茂川で行われたことが記されています。もう一人は朝顔の姫君で、

「賀茂の斎院（女三の宮）は父桐壺帝の崩御により退下された。後任に桐壺帝の弟である桃園の宮の娘朝顔の姫君が卜定された。伊勢の斎宮に女王がなられることはあっても、賀茂の斎院は、たいてい、内親王がなられるものであった。しかし、内親王に適任者がいないため、この

平安時代の斎院一覧

在任中の天皇	斎院名	在任期間（年）	続柄	その他
嵯峨天皇	有智子内親王	810 ～ 832	嵯峨天皇皇女	
淳和天皇	時子内親王	832 ～ 833	仁明天皇皇女	在任時は女王
仁明天皇	高子内親王	833 ～ 850	仁明天皇皇女	
文徳天皇	慧子内親王	850 ～ 857	文徳天皇皇女	
	述子内親王	857 ～ 858	文徳天皇皇女	
清和天皇	儀子内親王	859 ～ 876	文徳天皇皇女	
陽成天皇	敦子内親王	877 ～ 880	清和天皇皇女	
陽成天皇 光孝天皇	穆子内親王	882 ～ 887	光孝天皇皇女	
宇多天皇	直子女王	889 ～ 892	文徳天皇孫 惟彦親王娘	
宇多天皇 醍醐天皇	君子内親王	893 ～ 902	宇多天皇皇女	
醍醐天皇	恭子内親王	903 ～ 915	醍醐天皇皇女	
	宣子内親王	915 ～ 920	醍醐天皇皇女	
	韶子内親王	921 ～ 930	醍醐天皇皇女	源清蔭室、橘惟風室 （退下後）
朱雀天皇 村上天皇	婉子内親王	932 ～ 967	醍醐天皇皇女	
冷泉天皇 円融天皇	尊子内親王 （火の宮）	968 ～ 975	冷泉天皇皇女	円融天皇女御 （退下後）
円融天皇 花山天皇 一条天皇 三条天皇 後一条天皇	選子内親王 （大斎院）	975 ～ 1031	村上天皇皇女	在任期間歴代最長
後一条天皇	馨子内親王 （西院皇后）	1031 ～ 1036	後一条天皇皇女	後三条天皇中宮
後朱雀天皇	娟子内親王 （狂斎院）	1036 ～ 1045	後朱雀天皇皇女	源俊房室 （退下後）

在任中の天皇	斎院名	在任期間（年）	続柄	その他
後冷泉天皇	禖子内親王 （六条斎院）	1046 ～ 1058	後朱雀天皇皇女	
後冷泉天皇 後三条天皇	正子内親王	1058 ～ 1069	後朱雀天皇皇女	
後三条天皇	佳子内親王	1069 ～ 1072	後三条天皇皇女	
	篤子内親王	1073 ～ 1073	後三条天皇皇女	堀河天皇中宮 （退下後）
白河天皇 堀河天皇	斉子女王	1074 ～ 1089	三条天皇孫 敦明親王娘	
堀河天皇	令子内親王 （二条大宮）	1089 ～ 1099	白河天皇皇女	
	禛子内親王	1099 ～ 1107	白河天皇皇女	
鳥羽天皇	官子内親王	1108 ～ 1123	白河天皇皇女	
崇徳天皇	悰子内親王	1123 ～ 1126	堀河天皇皇女	
	統子内親王 （上西門院）	1126 ～ 1132	鳥羽天皇皇女	
	禧子内親王	1132 ～ 1133	鳥羽天皇皇女	
崇徳天皇 近衛天皇 後白河天皇 二条天皇	怡子女王	1134 ～ 1159	後三条天皇孫	
二条天皇 六条天皇 高倉天皇	式子内親王	1159 ～ 1169	後白河天皇皇女	
高倉天皇	僐子内親王	1169 ～ 1171	二条天皇皇女	
	頌子内親王	1171 ～ 1171	鳥羽天皇皇女	
高倉天皇 安徳天皇	範子内親王 （坊門院）	1178 ～ 1181	高倉天皇皇女	

ようになった」（「賢木」の巻）

と、思いも寄らぬ選定であったと述べられています。未婚の内親王が少なかったのでしょうか。

何分、亀卜による選定ですから年齢も一定せず、最年少で斎院になったのは醍醐天皇の皇女恭子内親王（九〇二〜九一五年。在任期間九〇三〜九一五年）の二歳で、母藤原鮮子の死去にともない退下するまで一二年間、斎院の務めを果たしました。しかし、悲しいことに、母の後を追うかのように退下から約六ヶ月後に薨去しました。ちなみに、恭子内親王の同母妹である婉子内親王（九〇四〜九六九年。在任期間九三一〜九六七年）も、朱雀天皇（九二三〜九五二年。在位九三〇〜九四六年）の即位にともない一八歳で斎院に卜定され、村上天皇と二代にわたって三五年間も斎院の任にありました。

さらに長期間、斎院を務めたのが、村上天皇の皇女である選子内親王（九六四〜一〇三五年。在任期間九七五〜一〇三一年）です。母はあの中宮安子で、選子を出産して五日後に産褥死しています。天延三年（九七五）、選子内親王は一二歳のときに兄である円融天皇の斎院として卜定され、五六年間もその任にありました。のちに、選子内親王は「大斎院」と呼ばれ、『大鏡』にも、

「斎宮・斎院は、これまでに幾人もいるが、選子内親王だけは特別で、交替することなく、円融・花山・一条・三条・後一条天皇の五代の斎院として、実に長く奉仕された……昔の斎宮や斎院は仏法を禁忌されていたが、選子内親王は仏法を崇拝し、毎朝、念仏や読経を欠かさなか

った」

と、五代の天皇の斎院となったことは極めて珍しいと記しています。

長きにわたって斎院であった背景には、選子内親王が卜定されたとき、すでに両親と死別しており、さらに内親王が少なかったことなどが一因です。さらに、斎院は斎宮とちがい、必ずしも、天皇の崩御、退位、近親者らの死去により退下しなかったからです。

さて、斎院は斎宮同様に初斎院を終え、卜定から三年目の四月上旬、平安京の北辺に置かれた紫野の斎院御所に移り、斎戒生活を送りました。

斎院としての主たる務めは、欽明天皇（六世紀中頃）の頃に五穀豊饒を祈って始められた賀茂祭を主催することでした。賀茂祭は賀茂御祖神社（下鴨神社ともいい、下社ともいう）と賀茂別雷神社（上賀茂神社ともいい、上社ともいう）共通の例祭として四月中酉の日に斎行され、祭に先立ち、中午または中未の日に斎院の御禊が行われます。

斎院御所から一条大路を通って、賀茂川の御禊の場所に至るまでの行列は壮麗で、『源氏物語』「葵」の巻で、行列に供奉する光源氏の姿を一目見ようと、見物人で大混乱となっていたさなか、葵の上と六条御息所の車争いが起こってしまったのでした。

なお、光源氏は若紫をともなって中酉の日に行われる路頭の儀を見物し、

「祭の当日、光源氏は二条院にいたので、祭見物に出かける気になった。西の対に行って惟光に車の用意を命じた。光源氏は美しく装った若紫の姿を笑顔で眺めていた。……今日も牛車が

隙間なく立ち並び、祭の行列を見るのに最適という場所が見当たらない。『上達部たちの牛車が多く、騒がしそうな場所だ』と、ためらっていると、女車から扇を差し出して、良い場所を譲ってくれる女性がいた」（「葵」の巻）
と記され、賀茂祭に関する一連の行事は多くの見物人で賑わっていたことがわかります。

❖斎宮寮と斎院御所における楽しみ

斎宮の住まいは斎宮寮、あるいは斎宮御所ともいわれ、昭和四五年（一九七〇）の遺構発掘調査によると、伊勢神宮から二〇キロメートルほど離れた場所に設けられ、一三七万平方メートルにもおよぶ大規模なものであったことがわかっています。斎宮寮には、およそ五〇〇人が仕えていたそうですから、大所帯だったのですね。

斎宮には日常の言葉遣いに制約があり、仏教を禁忌とした忌み詞（いことば）がありました。『延喜式』斎宮式・忌詞条をみてみると、

仏→中子（なかご）　経→染紙　塔→阿良良伎（あららぎ）　寺→瓦葺（かわらぶき）
僧→髪長（かみなが）　尼→女（め）髪長　斎（いもい）（僧侶の食事）→片膳（かたじき）　死→奈保留（なほる）
病→夜須美（やすみ）　泣く→塩垂（しおたれ）　血→阿世（あせ）　打つ→撫（な）づ

宍肉→菌　墓→壌　堂→香燃　優婆塞（男性の在家信者）→角筈

など、いい換えなければならないと定められていました。

さて、神に祈りを捧げる日々の中で、斎宮の楽しみのひとつとなったのが「貝合」といえるでしょう。貝合は、左右に分かれて互いに用意した貝を比べ、その形や色や大きさなどの優劣を競う遊戯で、長暦四年（一〇四〇）五月六日に後朱雀天皇の斎宮であった良子内親王によって開催されたことは有名です。

その詳細は『斎宮良子内親王貝合日記』に記されているのですが、伊勢の浜辺で拾い集めたと思われる、

・蛤　・宝貝　・白貝　・裏渦貝　・舟貝
・梅の花貝　・撫子貝　・都貝　・玉貝（阿古屋貝のこと）
・袖貝（阿古屋貝のこと）　・鳥の子貝　・蝉貝　・紐貝
・花貝（桜貝のこと）　・紫貝

などの名がみえます。なお、貝合は貝覆と混同されることが多いのですが、貝覆は蛤の貝殻を用いて地貝、出貝に分け、貝の内部に絵画や和歌を描き、トランプの神経衰弱のように同じ図

柄のものを合わせる遊戯で、平安時代末期に誕生したものです。

さて、斎院となった内親王には和歌の才能に長けた女性が多く見られます。たとえば、紫式部は大斎院選子内親王について『紫式部日記』に、

「斎院選子内親王に仕える中将の君をはじめ、斎院付きの女房たちのなかには、すばらしい和歌を詠む者がいない。けれども、斎院はたいへん奥ゆかしく、名歌を詠まれるお方です」

とあり、選子内親王の人柄がにじみ出る和歌の趣深さを称賛しています。

さらに、選子内親王は定子と和歌の贈答を行っており、『枕草子』「職の御曹司におはしますころ、西の廂にて」の段に、

「たいへん早い時刻に局に下がると、中宮職の侍の一番上に立つ者が、柚の葉のような濃い緑色の宿直衣の袖の上に、青い紙を松の枝に結びつけた手紙をのせて、寒さに震えながら姿を現した。清少納言が『どなたからのお手紙ですか』と尋ねると、『斎院様からです』と答えたので、受け取って、すぐに中宮様のもとに参上し、お渡しした……手紙はなく、卯杖のように頭を包んだ小さな紙に『山とよむ　斧の響きを　尋ぬれば　いはいの杖の　音にぞありける（山に響き、こだまする斧の大きな音を尋ねていくと、卯の日の祝いの杖を切る音でした）』という和歌が書かれていた」

と、清少納言は和歌はもちろんのこと、松の枝に青い紙を結んだ和歌を贈る体裁のすばらしさに感じ入っています。ちなみに、卯杖とは正月上卯の日に行われる行事で、一年の邪気を祓う

ため、四角に削った桃の木などに組糸を垂れ下げて飾った杖を天皇に献上するものです。

また、後冷泉天皇の即位にともなって八歳で斎院に卜定された禖子内親王（後朱雀天皇の皇女。一〇三九～一〇九六年。在任期間一〇四六～一〇五八年）も和歌の才に優れ、天喜三年（一〇五五）の「天喜三年五月三日物語歌合」をはじめ二五回もの歌合を主催したと伝わっています。

禖子内親王は、生来病弱であったため、二〇歳で退下し、その後は曾祖父である具平親王の六条邸に住まったことから「六条斎院」とも呼ばれました。彼女のもとには『狭衣日記』の作者といわれる歌人の六条斎院宣旨（?～一〇九二年）が仕えていましたから、禖子内親王の和歌の才能は、いっそう磨きがかけられたのではないでしょうか。

もう一人、歌人としても有名な斎院がいます。それは、『百人一首』に「玉の緒よ　絶えなば絶えね　ながらへば　忍ぶることの　よはりもぞする（我が命よ、絶えてしまうのなら絶えてしまえ。このまま生き長らえていると、堪え忍ぶ心が弱ってしまい困るから）」と詠んだ式子内親王（後白河天皇の皇女。一一四九～一二〇一年。在任期間一一五九～一一六九年）で、二条・六条・高倉天皇の三代の斎院として賀茂大神に仕えました。

病のため、二〇歳で退下しましたが、和歌の創作意欲は衰えることなく、『新古今和歌集』に多くの和歌が収められています。藤原俊成に師事したといわれ、後鳥羽天皇は九条良経（九条兼実の息子）、慈円（藤原忠通の息子で、九条兼実の同母弟）とともに式子内親王の名を挙げて、優れた歌人であると評しました。

❖斎宮女御の誕生

斎宮や斎院を務めた内親王や女王は、退下後も一生独身を貫くことが多かったのですが、天皇の后として入内するという異彩を放った女王がいました。

天慶八年（九四五）、徽子女王は母藤原寛子の死により退下すると、天暦二年（九四八）、叔父の村上天皇に請われて入内し、斎宮女御あるいは承香殿女御と呼ばれるようになりました。

このような例は朝原内親王（桓武天皇の皇女。七七九～八一七年。在任期間七八二～七九六年）以来のことで、退下後、異母兄の安殿（あて）親王（のちの平城天皇）に入内しました。朝原内親王の母である酒人（さかひと）内親王（光仁天皇の皇女。七五四～八二九年。在任期間七七二～七七五年。桓武天皇の后）、祖母井上（いのえ）内親王（聖武天皇の皇女。七一七～七七五年。在任期間七二一～七四四年。光仁天皇皇后）と三代つづけて斎宮を務めたのち、入内しましたが、たいへん特異なことであったといえるでしょう。

さて、徽子女王が入内したのは二〇歳のときで、そのとき、後宮には安子（中宮）・芳子（宣耀殿女御）などの才色兼備な后がいました。徽子女王は父重明親王譲りの和歌の才能にも恵まれ、七絃琴（しちげんきん）（単に琴ともいう）の名手として知られるなど、安子や芳子にも劣らぬほどの才能溢れる女性でした。『大鏡』に村上天皇と徽子女王の逸話として、

「斎宮女御は村上天皇の訪れが間遠になった秋の夕暮れ、琴を弾いていました。そのすばらし

い音色に惹かれて、天皇は急いで斎宮女御の局にやって来ました。しかし、斎宮女御は天皇の来訪に気がつかない様子で、一心に琴を弾き続けていました。天皇は『なぜ、私の訪問に気がつかないのか』と尋ねました。すると、斎宮女御は『秋の日の　あやしきほどの　ゆふぐれに　荻（おぎ）吹く風の　音ぞきこゆる（秋の日のあやしいまでに人恋しい夕暮れに、恋しい人は尋ねて来てくれず、ただ尋ねて来るのは荻の葉を吹く風の音だけです）』と自作の和歌を詠いながら琴を弾きました。その姿は非常に哀れで、物悲しいものでした」

とあり、琴を弾きながら、即興で和歌を詠んだというのですから、琴も和歌も堪能だったのですね。その一端は『夜鶴庭訓抄（やかくていきんしょう）』（藤原伊行（これゆき）著。平安時代末期成立）に、徽子女王は琴を弾く右手を大切にし、日常はわざと左を利き手にしていたと物語られています。

さて、この逸話をもとに人物設定をしたと考えられるのが、『源氏物語』の斎宮女御（秋好中宮）です。「澪標（みおつくし）」の巻に、

「朱雀帝が退位され、斎宮も代わったので、前斎宮（秋好中宮）と母の六条御息所が都に戻ってきた。その年の秋に母が亡くなると、藤壺中宮の意向もあって光源氏は前斎宮を養女に迎え、冷泉帝（朱雀帝の弟）に入内させることを決めた」

とあり、「絵合」の巻には、

「朱雀帝は、かねてから前斎宮に心惹かれていた。前斎宮の冷泉帝への入内が決まったことで、ひどく落胆しつつも、装束や櫛などの祝いの品を贈った。しかし、斎宮として伊勢下向から始

まった恋が、退下後、叶うかと思っていた朱雀帝の心中は複雑であった」と記されているように、入内し、のちには中宮となりました。

前斎宮の入内も珍しいことですが、前斎宮を務めた内親王や女王が降嫁することもありました。

たとえば、醍醐天皇の皇女で、朱雀天皇の斎宮であった雅子（がし）内親王（九一〇～九五四年。在任期間九三一～九三六年）は、母の死により退下したのち、天慶二年（九三九）頃、同母姉である勤子（きんし）内親王（九〇四～九三八年）の夫でもあった藤原師輔の継妻となりました。『大和物語』によれば、雅子内親王は藤原敦忠（あつただ）と結婚が決まっていましたが、その矢先、斎宮卜定され、叶わぬ恋となったそうです。

嫥子（せんし）女王（村上天皇の孫。一〇〇五～一〇八一年。在任期間一〇一六～一〇三六年）も、後一条天皇崩御により退下し、後に藤原教通の継妻となりました。在任中の長元四年（一〇三一）六月一七日、月次祭に奉仕しているとき、急に神がかりの状態になり、酒杯をあおると、朝廷の斎宮祭祀軽視を非難する託宣を発する前代未聞の事件を引き起こしたそうです。このとき、嫥子女王は神宮祭主大中臣輔親（すけちか）に「盃に　さやけき影の　みえぬれば　塵のおそりは　あらじとをしれ（盃に冴えた月の光が映ってみえた。不浄の輩の罪は、神の目にくっきりとお見通しだ）」と詠んだ一首を贈り、斎宮を冷遇した斎宮権頭藤原相通を糾弾しました。

ちなみに、斎院を退下した内親王も入内、あるいは降嫁した記録があります。

●韶子内親王（父醍醐天皇の斎院。九一八〜九八〇年。在任期間九二一〜九三〇年）――父帝崩御により退下。陽成天皇の第一皇子源清蔭と結婚、さらに橘惟風と再婚。

●尊子内親王（父冷泉天皇の斎院。九六六〜九八五年。在任期間九六八〜九七五年）――母の死により退下後、叔父の円融天皇の後宮に入内。入内直後に内裏が焼亡する大火があったため「火の宮」とも呼ばれ、不運が続く。美人の誉れが高い。

●馨子内親王（父後一条天皇の斎院。一〇二九〜一〇九三年。在任期間一〇三一〜一〇三六年）――父帝崩御により退下後、二三歳のとき、東宮尊仁親王（のちの後三条天皇）に入内し、延久元年（一〇六九）中宮に冊立。

●娟子内親王（父後朱雀天皇の斎院。一〇三二〜一一〇三年。在任期間一〇三六〜一〇四五年）――姉良子内親王は後朱雀天皇の斎宮。父帝崩御により退下。天喜五年（一〇五七）、三歳年下の源俊房と密通、俊房の邸に駆け落ちし、皇女らしからぬ行動から、後に「狂斎院」と呼ばれた。

●篤子内親王（父後三条天皇の斎院。一〇六〇〜一一一四年。在任期間一〇七三〜一〇七三年）――斎院卜定の約二ヶ月後、父帝崩御により退下。寛治五年（一〇九一）、一九歳年下の甥堀河天皇に強く望まれ入内。寛治七年中宮に冊立。

このように、斎宮、斎院の任を解かれてからも秋好中宮のような幸せに恵まれた女性は少なかったようです。みずからの意志とかかわりなく、亀卜によって神に仕える身となった時点で、将来が決定されていたようにも考えられます。

IX

平安女子の終活

❖病におののく

『枕草子』「病は」の段に、「病は胸。あしのけ。物の怪」と記されていますが、胸は風邪や肺炎、あしのけは脚気のことで、物の怪も平安人が恐れた病のひとつに数えられています。

風邪は万病の元といいますが、平安時代から風邪の治療法が進んでいたようで、『源氏物語』「帚木」の巻で、藤式部丞が出会った文章博士の娘で漢才に長けた「かしこき女」はニンニクを薬湯にして服したことから、別名「いと臭き女」とも称されました。

また、『栄花物語』には藤原道隆や妍子が風邪をひいたとき、朴(ほう)の薬湯を服用したとありま す。朴の樹皮を乾燥させたものを厚朴(こうぼく)といい、鎮痛・鎮咳作用があるといいますから、理にかなったものですね。さらに、藤原実資は風邪を患い、完治した長保元年(九九九)九月一四~一七日までの経過を『小右記』に次のように記録しています。

一四日　昨夜六時頃から体調不良。風邪による発熱と思われる。早朝に沐浴した。今夜、枕元で蓮舫阿闍梨に祈禱させた。食べ物は受け付けない。

一五日　明け方から熱は治まった。夜半から頭痛がする。

一六日　明け方から、体調が良くなった。

一七日　明け方、快復。

この記述を見ると実資の風邪は祈禱によって平癒したようです。光源氏も瘧病（わらわやみ）に罹患した際、修行僧の加持祈禱で治りましたから、平安時代には種々の病の治癒を求めて少なからず加持祈禱に頼っていたことがうかがわれます。ちなみに、『落窪物語』や『竹取物語』に風邪をひくと「腹がふくれる（下痢のこと）」との記述があり、重症化すると今でいう胃腸風邪のような症状があったのかもしれません。

今日、脚気はビタミンB1不足で発症することが解明されていますが、平安時代の貴族層は白米を食しており、それ以外の栄養が不足していたことから発症したと考えられています。

さて、病として受けとめられていた物の怪は、生き霊や死霊などが祟ることで『源氏物語』は六条御息所が生き霊となった話が有名です。六条御息所は無意識のうちに生き霊となって葵の上に取り憑きました。生き霊調伏の修法で使用されていた芥子（けし）の香りが自身の髪や装束に染み着いていたことをいぶかしく思い、自身が生き霊となったことを知り、苦しみ、悩みました。

また、『栄花物語』「月の宴」の巻には、藤原元方（もとかた）が怨霊となって冷泉天皇（九五〇～一〇一一年。在位九六七～九六九年）をはじめ、藤原師輔・安子父子、さらには孫の超子にまで祟ったということが記されています。元方が怨霊となった発端は、娘の祐姫（すけひめ）が村上天皇の更衣となり、天暦四年（九五〇）に第一皇子広平（ひろひら）親王（九五〇～九七一年）を出産していたのですが、安子が産んだ第二皇子憲平親王が、わずか生後二ヶ月で東宮となったことでした。このことは外戚となる道を閉ざされることを意味し、ひどく落胆した元方は病に臥し、死に至ったと伝えられています。

さて、清少納言が語った病のほかに、感染症の流行も恐れおののくものでした。六世紀中頃、日本初の感染症である疱瘡（豌豆瘡ともいう。天然痘のこと）が流行り、天平七年（七三五）からの三年にわたる大流行では、当時の全人口の二五〜三〇パーセントにあたる一〇〇〜一五〇万人が感染し、死亡したと推定されています。なかでも藤原不比等の息子、武智麻呂・房前・宇合・麻呂の四兄弟が、次々と疱瘡を患い、一年のうちに亡くなったという痛ましい記録が残されています。

平安時代にもたびたび大流行し、『更級日記』の天延二年（九七四）八月の記述に、

「世間では疱瘡が流行って大騒ぎしている。二〇日頃には、我が家あたりにも広がってきて道綱も罹患し、重篤な状態になった……九月初旬、道綱は全快した……疱瘡が猛威をふるっていて、あの太政大臣藤原伊尹の次男挙賢と三男義孝の二人が、九月一六日の朝と夕刻に亡くなった」

とあり、疱瘡の猛威を物語っています。その後も正暦五年（九九四）、寛仁四年（一〇二〇）にも大流行し、この間、人々は一度罹患すると再び罹らないことを経験的に学んでいきました。

さて、一〇世紀末期の赤疱瘡（麻疹のこと）が大流行しました。『栄花物語』「浦々の別」の巻

に「赤疱瘡は、疱瘡とは違い、赤く細かな発疹が出て、年齢も身分も関係なく罹患する〈長徳四年〈九九八〉の大流行〉」とあるほか、「みねの月」の巻に、

「今年〈万寿二年〈一〇二五〉〉は赤疱瘡が流行し、身分の上下なく患う。前回の流行のときに感染しなかった者も発症している。後一条天皇をはじめ敦良親王、中宮威子、内侍嬉子も感染した」

とあり、赤疱瘡は疱瘡と違って、罹患したことがあっても、再度感染することや、発疹が出ることなどが知られていたようです。五二年後の承暦元年〈一〇七七〉にも大流行の嵐が襲来し、白河天皇の第一皇子敦文親王〈一〇七五〜一〇七七年〉も感染し、幼少で免疫力が低かったためか二歳で薨去してしまいました。

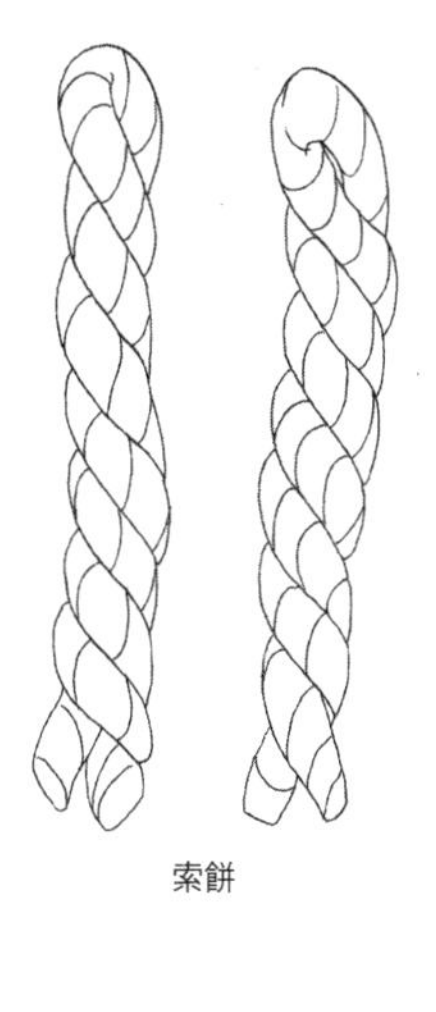
索餅

さらに、厄介な感染症として光源氏も患った瘧病があり、夏から秋にかけて流行する傾向が見られました。

寛仁二年〈一〇一八〉八月、東宮であった敦良親王が瘧病を発症し、その経過を外祖父である道長が『御堂関白記』に記録しています。八月一三日から発熱と悪寒や震えなどの症状が続き、全快したのは二九日で、二週間あまりも苦しめられたようです。

ちなみに、七夕の日には「索餅（むぎなわともいう）」といって唐菓子の一種で、小麦と米の粉を練って縄のようにねじって茹でたものを瘧病に罹らないようにとの願いを込めて食しました。

❖老いを感じる

紫式部は寛弘二年（一〇〇五）一二月二九日（寛弘三年との説もある）から彰子に仕えました。当時、三二歳になっていたと推測されています。彰子の初産が迫った寛弘五年九月九日の『紫式部日記』をみてみますと、

「九月九日、菊の着せ綿を女房の兵部さんが持ってきて『これは殿の奥様（倫子）から、とくに紫式部へと用意されたものです。「この綿で、うんとすっきり老化を拭き取りなさい」とおっしゃって』ということなので、『菊の露　若ゆばかりに　袖触れて　花のあるじに　千代は譲らむ（せっかくの菊の露、私はほんの少し若返る程度に触れておいて、後は花の持ち主〔倫子〕にすべてお譲りします。どうぞ、千年も若返ってくださいませ）』と詠んでお返ししようとしたが、和歌ができたときには、『奥様はお帰りになりました』ということだったので、和歌は役に立たず、贈るのもやめにした」

と、彰子の母である倫子から、九月九日の重陽節会に因む「菊の着せ綿」が贈られてきました。

菊の着せ綿は『枕草子』「正月一日、三月三日は」の段に、
「九月九日は、明け方から雨が少し降って、菊の上の露もたっぷりとして、菊の着せ綿などもひどく濡れて、そのせいで菊花の移り香も一段と際立っている」
とあるように、重陽節会の前日から菊の花を真綿で覆って準備されました。菊は不老長寿を保つといわれ、その綿に移った露で顔や身体を拭うと若返ると信じられていました。

まだ三五歳の紫式部に対して若返るようにだなんてと思われるかもしれませんが、平安時代の女性の平均寿命は三〇歳とも四〇歳ともいわれていますから、紫式部も老境に差しかかっていたといえるでしょう。それにしても、紫式部より九歳も年上の四四歳になっていた倫子の心遣いとはいえ、お礼に詠んだ紫式部の和歌の意味も深いものがありますね。

ちなみに、重陽節会は中国伝来の宮廷行事で、「菊花宴」とも称され、魔除けとして茱萸（ぐみ）の挿頭花（かざしのはな）をつけ、殿舎の柱には茱萸嚢（ぐみぶくろ）が掛けられ、室内には菊瓶が置かれました。茱萸嚢は五月五日の端午節会に柱に飾った薬玉と取り換え、長寿を願いました。

清少納言が定子に仕えはじめて三年ほど経ったころ、『枕草子』「返る年の二月廿日より」の段（長徳二年（九九六））に、藤原斉信（ただのぶ）の来訪を定子の局である凝花舎（梅壺）で待っていたとき、
「中庭の梅は、西は白梅、東は紅梅で、少し散り際になっているが、まだ綺麗で、麗らかな日差しで、人に見せたくなるような眺めだ。若々しい女房たちは髪の手入れも行き届き……私のようなたいへん年嵩で、老いを感じさせる女は髪も自分の髪ではなくなっていて、ところどこ

ろが縮れて絡まっている。その上、道隆様の喪中で、鈍色（濃い鼠色）の装束なので華やかさがなく見栄えがしない。中宮様もおられないので裳もつけない袿姿で興ざめである」と記し、このとき、清少納言は三〇歳ほどだったのですが、薄くなった髪に髢を足しているために、縮れて絡まっていました。平安女子はまっすぐで、長い黒髪が美人の象徴とされていましたから、薄毛になってしまったことで、いやがおうにも老いを実感したのでしょう。ちなみに、老いを感じさせることを原文では「いとさだ過ぎ、ふるぶるしき人」と表現されています。

さらに、道綱母は三八歳頃（九七三年）から、栄達の道を突き進む夫兼家（当時、四五歳）と比較して老いを感じ始めるようになり、その年の八月下旬頃、広幡中川の実父の家に転居し、事実上、離婚をしました。

また、菅原孝標女も『更級日記』に、五〇歳くらいになると、「年齢はだんだん盛りを過ぎて、若い女房のように出仕しているのも、不似合いに感じられる」と記し、五二歳のころ、甥が尋ねてきたときに贈った和歌に、

「月も出でで　闇にくれたる　姨捨に　なにとて今宵　たづね来つらむ（月もなく真っ暗闇の姨捨山さながら、夫を失い悲しみにくれる老いた私を、どうして、今宵、訪ねてきてくれたのでしょうか）」

と詠み、夫の死後、年を重ねた孤独感が溢れています。

一〇世紀には、老いを自覚すると夫が健在であっても床さりを行い、妻の役割を卒業し、出家するのが一般的だったようです。たとえば、藤原公任の妻は、長女が教通と結婚したときに

は、すでに出家していましたし、菅原孝標の妻も孝標女が二九歳のときに、出家して別棟に住むようになり、孝標女が母に成り代わって主婦の役割を担いました。

❖平安女子は老後も元気潑剌

平安時代には、出産で命を落とす女性が少なからずいましたが、この難関を無事に乗り越えると長寿を保つことができたようです。たとえば、彰子の母である倫子は二三歳で道長の正妻となり、二四歳のとき、初産で彰子を出産して以降、二男四女を授かり、四三歳の高齢で嬉子を出産し、八九歳の天寿を全うしました。

さて、平安時代の貴族社会では四〇歳を境として、一〇年ごとに長寿を祝う算賀(さんが)が行われました。祝賀の饗宴に先だって写経・法会・賑給(しんごう)（毎年五月に京中の窮民に米や塩を支給する公事(くじ)）などがあり、算賀の年齢に合わせて、たとえば四十の賀ならば四〇人の僧侶が出仕する法会を修したり、経典を四〇巻書写するなどこだわりを持って法会などが修されました。『源氏物語』「若菜上」の巻には、光源氏の四十の賀を、玉鬘が正月二三日に主催したのをはじめ、一〇月には紫の上が、

「一〇月、紫の上は光源氏の四十の賀のために、嵯峨野の御堂で薬師仏を供養することになった。盛大になることを朱雀帝から止められていたので、目立たないように準備をしていた。仏

像・経箱・帙簀（ちす）などの立派さは極楽のように思われる。最勝王経（さいしょうおうきょう）・金剛般若経（こんごうはんにゃきょう）・寿命経（ずみょうきょう）などが読まれる盛大な祈りであった。上達部も多く参列した」

と記されているように、嵯峨野の御堂で薬師仏供養を行いました。その後、一二月には秋好中宮が催し、続いて夕霧も賀宴を行うなど数回にわたって催された華やかなものでした。

さて、『栄花物語』には倫子の算賀について、二度にわたって述べられています。「御賀（おんが）」の巻に記された六十の賀は、治安三年（一〇二三）一〇月一三日に彰子をはじめ、妍子、威子、嬉子、そして禎子内親王も加わり、土御門殿で行われました。

「池には龍頭鷁首（りゅうとうげきす）の船を漕ぎ出し、船楽があった。その後、同じ家門の子の君達四人が『万歳楽（まんざいらく）』を舞った……経通（つねみち）の子（経季（つねすえ）。一三歳）が『蘭陵王（らんりょうおう）』を舞い、頼宗の子であるすまひ君（道長の孫。兼頼（かねより）の幼名。一〇歳）が『納曽利（なそり）』を舞った。経通の子よりも年少であるのに広い庭を縦横無尽に舞い、鳥が飛んでいるかのようであった」

と、藤原氏一門の男性たちによって万歳楽、蘭陵王、納曽利などが舞われました。

その後、和歌の朗詠があり、公任は「よろづ世と　今日ぞ聞こえん　かたがたに　み山の松の　声をあはせて（今日こそ自分のみならず、山の松風も共々、声を合わせて倫子様の御歳は万々歳）」と、行成は「珍しき　今日のまとゐは　君がため　千代に八千代に　たゞかくしこそ（珍しい今日の団欒は、君のために八千代まで、このまま続けたいものである）」と詠み、長寿を言祝（ことほ）ぎました。さらに、「歌合」の巻によると、長元六年（一〇三三）一一月二八日に頼通の大邸宅である高陽院（かやのいん）で七十の賀が催され、六十の賀と同じように華やかなものであったと記されています。

倫子の母である穆子（源雅信の妻。九三二～一〇一六年）も長命で、長保三年（一〇〇一）正月一〇日には倫子主催の七十の賀が行われました。『栄花物語』「つぼみ花」の巻には、「孫の彰子の生んだ敦成・敦良親王の二人の曾孫に対面できたので寿命が延びた。今は、妍子が生んだ曾孫の禎子内親王に対面することを願い、その願いが叶った。ニコニコ笑う内親王を抱き上げ、『ああ、なんと嬉しいこと』と満面の笑みを浮かべた」と、孫たちが生んだ親王や内親王と対面できた喜びが記されています。その後、敦成親王の即位を見届けると、八五歳の生涯を閉じました。

さらに、倫子の娘彰子（八六歳で崩御）、孫の歓子（教通の娘。八二歳で崩御）や寛子（頼通の娘。九二歳で崩御）と、当時の平均寿命をはるかに超える長命でした。寛子については、『中右記』に「后の在位七七年との長きにわたっていることは、古今、例がないことだ。心ばえは、はなはだ素直である。装束が華美であることは極まりない」などと記し、皇后・皇太后・太皇太后の在位が合わせて七七年におよんだというのです。

さて、上級貴族以外の女性は生没年不明の場合が多く、紫式部や清少納言も例外ではないのですが、晩年の逸話が残されています。清少納言の晩年は零落し、亡父元輔の山荘があった洛東月輪あたりに移り住み、藤原公任や和泉式部、赤染衛門などの歌人と和歌の贈答を行ったといいます。『古事談』（源顕兼編。一二一二～一二一五年成立）に、

「荒れ果てた清少納言の屋敷の前を、若い殿上人が乗った牛車が通った。彼らは『清少納も落ちぶれたものだ』と大声でいい放った。桟敷に出て道を眺めていた尼姿の清少納言は、その言葉を耳にし、鬼のような形相で、怒り心頭ながらも、『あなたがたは、駿馬の骨を買わないということなのだろうか』と切り返した」

とあり、自他ともに認める豊富な漢才を持ち合わせた清少納言は、すぐさま漢詩を用いて反駁しました。それは、『戦国策』（前漢の劉向編）にある燕の昭王（在位紀元前三一二～二七九年）が師の郭隗に賢者を国に招く方策を尋ねたところ、

「郭隗は『天下の名馬を集めようとしたら、死馬の骨さえ五百金で買う王だとの評判を立てるとよい。同じように、人材を集めるなら、まず、私郭隗を用いなさい。そうすれば、私より優れた人材がこぞって集まるだろう』と答えた」

という故事でした。清少納言は自身を名馬に譬え、漢籍を引用しながら「骨でも名馬なら買い手がある」といいたかったわけです。とっさに昭王の故事で反論するなんて、老いても才気煥発だったのですね。ちなみに、この故事は「隗より始めよ」の語源であるといわれています。

長寿の平安女子

名前	生存年（年）	没年（歳）	
藤原明子	八二九〜八九九	七〇	文徳天皇皇后。
藤原穏子	八八五〜九五四	六九	醍醐天皇の中宮。朱雀天皇・村上天皇の母。
藤原穆子	九三一〜一〇一六	八五	源雅信の妻。源倫子の母。
源倫子	九六四〜一〇五三	八九	藤原道長の妻。彰子・妍子・威子・嬉子の母。
赤染衛門	九五六?〜一〇四一?	八五?	大江匡衡の妻。
藤原義子	九七四〜一〇五三	七九	一条天皇女御。公季の娘。
源明子	九七五?〜一〇四九	七四	藤原道長の妻。寛子・尊子の母。
隆姫	九九五〜一〇八七	九二	具平親王の娘。藤原頼通の妻。
藤原彰子	九八八〜一〇七四	八六	一条天皇中宮。後一条天皇・後朱雀天皇の母。
藤原賢子	九九九?〜一〇八二?	八三?	紫式部の娘。
藤原歓子	一〇二一〜一一〇二	八一	教通の娘。後冷泉天皇の皇后。
藤原寛子	一〇三六〜一一二七	九一	頼通の娘。後冷泉天皇の皇后。
源頼光の娘	?〜一〇九五	九三?	『中右記』に没年の記録あり。
藤原千古	?〜一一三四	九九?	実資の娘。『長秋記』に没年の記録あり。
藤原忻子	一一三四〜一二〇九	七五	後白河天皇の皇后。公能の娘。

❖出家を望む

紫式部や清少納言が活躍したころは、仏教において末法の時代に突入していました。釈迦が入滅した紀元前九四九年後、五百年から千年は正しい教えが行われ、証果（修行によって得る悟りという結果）があるという正法の時代といい、その後の千年は教法（仏が説いた教え）は存在するものの、真実の修行が行われず、証果を得るものがないとする像法の時代といわれています。そして、永承七年（一〇五二）にいたって末法元年といい、仏の教えのみが存在し、悟りを得るものがいない末法の時代に入り、一万年も続くと考えられていました。

そのような時代にあって、平安女子たちは現世利益と来世往生を希求しました。

現世利益とは、仏を信仰した結果、現世で仏の恵みを受け、望みが叶うことをいい、現世利益の仏といわれる観世音菩薩や薬師如来を深く信仰し、観世音菩薩や薬師如来を本尊とする寺々に詣で、願いが成就するようにと祈りを捧げました。

来世往生とは、現世を去って仏の浄土（極楽浄土）に生まれることで、人々は往生を願って阿弥陀如来がいる極楽浄土があるという西方に向かって、日々祈り続けました。たとえば、『源氏物語』「夕顔」の巻に、病に臥す大弐の乳母のもとを光源氏が訪れたときの有様について、「大弐の乳母は光源氏の見舞いを喜び、『今は阿弥陀如来の来迎を心残りなく待つことができ

比叡山延暦寺法華大会における薪の行道（撮影：加藤正規）

る』などといって弱々しく泣いた」とあり、臨終の際に阿弥陀如来が迎えに来て、極楽浄土に往生することができると話しています。平安人の心を捉えた阿弥陀信仰の流行は、恵心僧都源信が著した『往生要集』の流布によるもので、『源氏物語』「手習」の巻や「夢浮橋」の巻に登場する横川のなにがし僧都は、源信がモデルであるといわれているほどです。

来世往生を願う平安女子にもっとも信仰を得ていたのは、法華経第五巻「提婆達多品」第一二の龍女成仏の話でした。仏教では女性は男性と比べて罪深く、成仏できないと説かれているので、娑竭羅竜王の八歳の娘が変成男子して成仏できたというこの説話は人気を集めました。「提婆達多品」は上級貴族たちが主催した法華八講（法華経八巻を朝夕一巻ずつ、読誦・供養する法会）の中日である五巻日に講説され、『源氏物語』「蜻蛉」の

巻には、

「蓮の花の盛りのころ、明石中宮は日を分けて光源氏と紫の上の追善供養を営んだ。五巻日は見物に値するもので、あちらこちらから、女房の縁故をたどって見物に来る者が多かった」

とありますが、見物は「提婆達多品」の内容に基づき、「法華経は　我が得しことは　薪こり菜摘み水汲み　仕へてど得し（法華経の教えを私が得られたのは、薪を切り、菜を摘み、水を汲んで阿私仙という仙人に仕えたからである）」と唱和しながら行われる「薪の行道」であったと推察されます。

　さて、前述のように一〇世紀頃から平安女子の間で、夫が健在であっても出家を志す者が多く見られるようになってきました。たとえば、『源氏物語』「賢木」の巻に、

「一二月の一〇日を過ぎたころ、藤壺中宮主催の法華八講があった。たいへん荘厳な法要であった……一日目は先帝、二日目は母后、三日目は故桐壺帝の菩提を弔うための法要であった。三日目は五巻日にあたり、上達部をはじめ多くの人々が訪れ、参列した。最終日は中宮自身のことを結願して、出家する旨を仏前に報告された。参列していた人々は驚き、蛍兵部卿宮も光源氏も言葉も出ないほど驚いていた」

と、藤壺中宮は桐壺帝崩御後一年が経過し、法華八講の最終日に出家を果たしました。その背景には、朱雀帝の御代になり、すべてが変わっていくなかで、光源氏の執拗な恋情に悩み、光源氏との不義の子である東宮（冷泉帝）の安泰のために出家したのでした。

　また、女三の宮も不義の子薫を出産した後、

「女三の宮は一晩中苦しみ、日がさし昇るころ若君（薫）を出産した。父の朱雀帝は若君の顔立ちが父親（柏木）とそっくりなので、困ったことだと心配した。女君なら、大勢の人が顔を見ることがないのに……女三の宮は、出産後の衰弱の中で、このまま死んでしまいたいと思っていた。光源氏は人前では上手く取り繕っているが、若君の父親は柏木であると知っていたため、若君の顔を見ようともしない……女三の宮は、光源氏を恨めしく、我が身も辛く、尼にもなってしまいたいという気持ちになった……女三の宮は、やはり罪深く、このまま生きていけそうもないが、尼になって罪を軽くしたいと思っていた」（「柏木」の巻）

と、朱雀帝に出家を懇願して承諾を得ました。光源氏は女三の宮に出家を思い止まらせようとしましたが、決心は固く、翻ることはありませんでした。出家後の女三の宮は、毎日、勤行（ごんぎょう）に明け暮れ、毎月の念仏、年二回の法華八講など、折々の仏事を怠りなくすることを務めとして過ごしました。藤壺中宮も女三の宮も不義密通を行っただけでなく、その子供を出産したのですから、日々、罪の意識に苛まれ、心休まる日はなかったことでしょう。出家することによって現世で犯した罪を少しでも軽くし、来世で往生することを願ったのに違いありません。

さらに、浮舟は薫と匂宮（今上帝と明石中宮の第三皇子。光源氏の孫）との板挟みに悩み、空蝉は夫伊予介と死別後、河内守となった継子の紀伊守の懸想を避けて出家しましたが、いわば隠棲の手段として出家を望んだようにも考えられます。

ちなみに、出家といっても寺に入るわけでも、剃髪するわけでもありません。平安女子の命といっても過言ではない長い黒髪を「尼削ぎ」といって肩のあたりまでの長さに切り揃えるだけでした。

❖葬送の儀礼

『源氏物語』には、物の怪に襲われて急死した夕顔、六条御息所の生き霊に取り憑かれながらも夕霧を出産した後、急逝した葵の上などさまざまな死が描かれています。

しかし、臨終の場面の描写は少なく、「御法（みのり）」の巻には、幼少のころから理想の女性として光源氏が育て上げ、妻とした紫の上の死の直前の様子が描かれているにすぎません。紫の上は三年前、六条院の女楽の後、にわかに発病し、賀茂祭の日には危篤に陥り、六条御息所の死霊が現れるなか、一時絶息し、蘇生はしたものの病気がちとなっていました。

「紫の上は、かねてからの望みどおり、なんとか出家をして、命あるあいだは、しばらくでも一途に勤行を行いたいと願っていた。しかし、光源氏に許されず、紫の上は恨めしく思っていた……秋風が強く吹く夕暮れ、紫の上は脇息（きょうそく）に寄りかかって、『おくとみる　ほどぞはかなき　ともすれば　風に乱るる　萩の上露』と詠み、明石中宮や花散里と和歌の贈答をした後、気分が悪くなり臥せってしまった……明石中宮が泣きながら紫の上の手をとって看ていると、本当に消えゆく露のように、八月一四日未明、息を引き取った」

と記され、消え入るように一生を閉じたのでした。その後、紫の上の遺骸は荼毘にふされました。

当時、皇族は土葬で、貴族層は火葬にされることが多かったのですが、平安京のなかで火葬することは禁じられていたため、鳥辺野（とりべの）（東山山麓）や蓮台野（れんだいの）（船岡山西麓）で行われました。光源氏の正妻であった葵の上をはじめ、紫の上や夕顔を火葬したのも鳥辺野でした。光源氏は三月二〇日に須磨へ下る前に、葵の上の父である左大臣に別れの挨拶に訪れ、葵の上を火葬したときのことを「鳥辺山　燃えし煙も　まがふやと　海人（あま）の塩焼く　浦見にぞ行く（あの鳥辺山で焼いた煙に似てはいないかと、海人が塩を焼く煙を見に行きます）」と和歌に詠み込みました。

また、鳥辺野は埋葬地としても有名で、詮子をはじめ定子、禎子なども、この地に葬られています。鳥辺野・蓮台野に加え、嵯峨野にあって風葬の地とされた化野（あだしの）が三大葬地として知られていました。

さて、葬送にまつわる特異な例を二つ紹介しましょう。ひとつ目は清少納言と交流が深かった行成の妻（源泰清の娘）の場合で、女児出産の二日後、長保四年（一〇〇二）一〇月一六日に産児とともに亡くなり、翌日、鳥辺野で火葬されました。『権記』によると、「一八日の寅の刻、遺骨を白川に流した」とあり、いわゆる散骨を行ったのでした。

二つ目は、仏教に深く帰依した嵯峨天皇の皇后 橘 嘉智子（たちばなのかちこ）（七八六〜八五〇年）です。嘉智子は死に臨んで、その教えを実践しました。

嘉智子の出自である橘氏は、文武天皇の乳母を務めた三千代に始まり、諸兄（もろえ）、平安の三筆の一人である逸勢（はやなり）らが活躍しましたが、源氏・平氏・藤原氏などと比べると勢力を振るうことはありませんでした。そのような状況の中で、一族の希望の星となったのが、嘉智子だったのです。弘仁六年（八一五）に立后し、橘氏はじめての皇后が誕生しましたが、これが最初で最後となりました。

彼女は後年、禅の教えに帰依し、その真髄を知りたいと考え、恵蕚（えがく）を唐に遣わせ、禅僧の来朝を懇願したのでした。恵蕚は円仁（えんにん）が著した『入唐求法巡礼行記（にっとうぐほうじゅんれいこうき）』によると、

「唐の会昌元年（八四一）、五台山（ごだいさん）にわたって嘉智子皇后から依託された宝幡（ほうはん）・鏡奩（きょうれん）などの贈り物を渡して、禅の教えを希う皇后のために禅僧の来朝を願い出た」

とあり、承和一四年（八四七）、義空（ぎくう）が来朝し、皇后は師のために嵯峨野に檀林寺（だんりんじ）を創建し、日本で最初に禅を講じさせました。それゆえ、嘉智子皇后は檀林皇后と呼ばれるようになったのです。

義空は皇后の求めに応じて「四大元空（しだいげんくう）」、つまり、地・水・火・風の四大元素からなる人間の身は、命尽きると元の空（無）に戻ってしまうことを説きました。その教えは老境にいたった皇后の胸に響き、皇后は深い理解を示したと伝えられています。

この教えに基づいたのでしょうか、皇后は死に臨んで「亡骸は埋葬せずに、路傍に打ち捨てよ」と言い残しました。それは、風葬といって遺体を野ざらしにして風化を待つというもので、

平安時代には一般庶民が行った葬制でした。皇后であった女性が庶民のように風葬を望んだのですから、周囲の人々の驚きは想像を絶するものであったと思われます。

皇后の遺言に従い、亡骸は路傍に放置され、朽ち果て白骨化していく様は衆人に晒され、その有様を見て人々は世の無常を心に刻んだと伝えられています。以後、その場所は「帷子（かたびら）の辻」と呼ばれるようになりました。

さらに、類い希なる美貌を誇った嘉智子の亡骸が白骨化していく有様を九段階に分けた「檀林皇后九相図（くそうず）」が描かれました。絶世の美女の最期としては、あまりにも衝撃的ですが、堅固な仏心からくるものだったのでしょう。

源氏物語　登場人物紹介

葵の上	左大臣の娘で、母は桐壺帝の妹の大宮。頭中将と同母兄弟。光源氏の元服にともない結婚し、夕霧を出産する。
明石の君	光源氏が須磨隠棲中に巡り会い、結婚し明石の姫君を出産する。
明石の姫君	のちの明石中宮。父は光源氏、母は明石の君。今上帝に入内して中宮となり、明石中宮と称される。東宮・匂宮・女一の宮をもうける。
秋好中宮	母は六条御息所。斎宮退下ののち、光源氏の養女となって冷泉帝に入内。伊勢の斎宮を務めたことから斎宮女御、梅壺（凝花舎）を局としたことから梅壺女御とも呼ばれた。
朝顔の姫君	桐壺帝の弟である桃園の宮の娘。朱雀帝の即位に伴い斎院となる。
右大臣	弘徽殿大后・朧月夜の父。
空蟬	伊予介の妻で、方違えに来た光源氏に忍び寄られる。夫の没後、出家し、晩年は光源氏に引き取られ、二条の東院に住まいした。
大君	鬚黒の次女で、母は玉鬘。冷泉帝譲位後、妻となる。
朧月夜	弘徽殿大后の同腹の妹。朱雀帝の后の一人。

女三の宮	光源氏の兄の朱雀帝の皇女、後に降嫁して光源氏の妻となる。柏木との不義の子である薫を出産。
薫	光源氏の次男であるが、実は柏木と女三の宮の息子。
柏木	頭中将の長男。弘徽殿女御・紅梅と同腹の兄弟。女三の宮と密通し、薫が誕生。
桐壺帝	朱雀帝・光源氏の父。后に弘徽殿大后・桐壺更衣・藤壺中宮などがいる。
桐壺更衣	按察(あぜち)大納言の娘で、光源氏の母。
今上帝	朱雀帝の皇子。中宮は明石中宮。東宮・匂宮・女一の宮の父。
雲居雁	頭中将の娘。母は按察大納言の北の方。夕霧の妻。
弘徽殿大后	右大臣の長女で、桐壺帝の女御。妹は朧月夜。朱雀帝の母。
弘徽殿女御	頭中将の娘。母は四の君。柏木・紅梅と同母。冷泉帝の女御。
惟光	光源氏の乳母子で、母は大弐の乳母。
左大臣	頭中将・葵の上の父。妻は桐壺帝の妹の大宮。
末摘花	常陸宮の娘。光源氏の妻の一人。

朱雀帝	桐壺帝の第一皇子。母は弘徽殿大后。光源氏の兄。今上帝や女三の宮の父。
玉鬘	光源氏の養女。父は頭中将で、母は夕顔。夫は鬚黒。
頭中将	左大臣の長男で、母は大宮。葵の上とは同母兄弟。柏木・紅梅・弘徽殿女御・雲居雁の父。
匂宮	今上帝の第三皇子。母は明石中宮。
花散里	桐壺帝の女御の麗景殿（れいけいでん）女御の妹。夕霧を養育し、六条院の夏の町に住まう。
光源氏	桐壺帝の第二皇子。母は桐壺更衣。夕霧・明石中宮の父、玉鬘の養父。冷泉帝の実父。
鬚黒	朱雀帝の女御である承香殿（しょうきょうでん）女御の兄。玉鬘の夫。
藤壺中宮	桐壺帝の后。光源氏との不義の子である冷泉帝を出産。紫の上の叔母。
紫の上	式部卿宮（しきぶきょうのみや）の娘。母は按察大納言の娘。幼少時は若紫と呼ばれ、光源氏の元に引き取られ、のちに結婚。
夕顔	三位（さんみ）の中将の娘。玉鬘の母。
夕霧	光源氏の長男。母は葵の上。雲居雁と結婚し、のちには柏木の未亡人の落葉の宮とも結婚。
冷泉帝	桐壺帝の第一〇皇子となっているが、実は光源氏の息子。母は藤壺中宮。

あとがき

青葉薫る五月一五日、京都では『源氏物語』や『枕草子』に描かれた賀茂祭（葵祭）が斎行され、都大路にはさながら王朝絵巻のみるような路頭の儀（祭の行列）が繰り広げられます。

紫式部は『源氏物語』「葵」の巻において、賀茂祭に先立つ斎王御禊の行列見物に訪れた六条御息所と葵の上とのあいだで起こった車争いを、清少納言は『枕草子』「見物は」や「四月、祭のころ」の段などに祭のすばらしさを描きました。余談ながら、平安遷都一一〇〇年を記念して明治二八年（一八九五）始まった時代祭（平安神宮の祭礼）には、紫式部と清少納言が仲良く登場します。

平安朝女流作家の双璧が絶賛し、初夏の行事として人々の心を浮き立たせる賀茂祭は千年の時を経た現在まで受け継がれています。煌びやかな平安装束、飾り立てた牛馬の姿に比べ、牛車の車輪が軋む音が聞こえるだけの驚くほど静かな行列です。

しかし、その「音」こそが平安の昔、このようにして行列が一条大路を下鴨神社、上賀茂神社へと進んだのではないかと誘ってくれているように思います。

さて、私は高校生のころ、行列が出発する京都御所で賀茂祭を見物したことが幾度もあります。というのも、通学していた高校が京都御所の真向かいにあり、校外学習の授業でもないのに、先生にねだってクラス全員で見物に行っていたのです。今日のフィールドワークに相当するのでしょうか、授業で学んでいた『源氏物語』や『枕草子』の世界が目の前で展開されているのをみていると、時空を超えて平安人になれたかのような気にもなりました。

また、古典を担当されていた先生が雅楽に造詣が深く、授業中に笙や龍笛を演奏されると、さらに興味をそそられました。私は大学入学を機に雅楽、とくに舞楽の稽古をはじめたのですが、光源氏と頭中将が舞ったという「青海波（せいがいは）」や、乙女の巻に描かれた「五節舞（ごせちのまい）」を舞う機会に恵まれたときは感慨無量でした。それらの装束を身につけただけでも、平安時代にタイムスリップしたかのようでした。

「桐壺」の巻に『長恨歌』の一節「比翼の鳥、連理の枝」が登場すると、下鴨神社の連理の榊を見に行ったり、「花宴」の巻に左近桜が描かれると、京都御所内の紫宸殿を拝観したりしました。こうした平安時代を彷彿させるスポットを尋ねると、いっそう、紫式部や清少納言が過ごした時代が身近になったように感じました。

このような経験を通して、さらに『源氏物語』、『枕草子』の世界が近づき、古典文学を読むことが楽しくなりました。『更級日記』の作者である菅原孝標女には到底かないませんが、「オタク度」が増していきました。

さて、『源氏物語』や『枕草子』を読み始めてみると、当然のことながら、現代人には難解な部分が多々あることに直面しました。また、時代背景、平安貴族の文化や生活環境などの基礎的知識が必要であることを痛感し、解説書を片手に読み進めることになりました。

『枕草子』は日本最古のエッセイといわれ、一段ごとが短文で、現代人にも読みやすいとはいわれていますが、「なぜ、黒髪の長さや美しさに拘るのだろうか（「うらやましげなるもの」の段）」、「なぜ、季節はずれの色目の装束は不快感を抱かせるのだろうか（「すさまじきもの」の段）」など、疑問は次から次へと湧いて出てきました。

さらに、『源氏物語』は五四巻もある長編大作ですから、登場人物も多く、彼らのつながりを理解するだけでも一苦労でした。先人たちも『源氏物語』を読破するのに努力が必要だったようで、早くも平安時代末期には藤原伊行（これゆき）によって『源氏釈』が著され、その後も『河海抄（かかいしょう）』（四辻善成（よつつじよしなり）著。一三六〇年代成立）、『花鳥余情（かちょうよじょう）』（一条兼良（かねよし）著。一四七二年成立）、『湖月抄（こげつしょう）』（北村季吟（きぎん）著。一六七三年）など数多くの注釈書が誕生し、手引き書となったようです。また、明治時代以降は、与謝野晶子、円地文子、田辺聖子、瀬戸内寂聴、林真理子諸氏など著名な女流作家が現代語訳を行っています。

なぜ、このように多くの注釈書や現代語訳『源氏物語』が誕生したのでしょうか。それは、『源氏物語』の背景が奥深く、輪廻転生、因果応報などの仏教思想や、貴種流離譚（きしゅりゅうりたん）が描かれることによって「もののあわれ」を表現し、読者の心の琴線にふれる仕掛けがなされていたからではないでしょうか。

本書は長年、私が探究してきたテーマをまとめたものですが、執筆中に、二〇二四年新春より放映されるNHK大河ドラマ「光る君へ」のヒロインが紫式部であることを知ったときには、たいへん驚きました。同時に女性が活躍する今日、遥か千年も前に大活躍した紫式部をとりあげることは意義深いものだと思っています。

最後に、出版にあたり春秋社代表取締役社長小林公二氏、ならびに手島朋子さんに心より感謝申し上げます。

鳥居本幸代

二〇二三年　庭の紫式部の実が色づき始めた初秋

鳥居本幸代（とりいもと・ゆきよ）
一九五三年生まれ。同志社女子大学家政学部卒業。京都女子大学大学院修了、家政学修士。神戸女子短期大学助教授・姫路短期大学助教授・姫路工業大学環境人間学部助教授・京都ノートルダム女子大学生活福祉文化学部教授を経て、現在は、京都ノートルダム女子大学名誉教授。
著書に、『平安朝のファッション文化』『精進料理と日本人』『雅楽――時空を超えた遙かな調べ』『千年の都　平安京のくらし』『和食に恋して――和食文化考』『京都人にも教えたい　京都百景』『京都人のたしなみ』『阿闍梨さまの料理番――もっと知りたい精進料理』『お守りを読む――日本人は何を願ってきたのか』（春秋社）など。

紫式部と清少納言が語る平安女子のくらし

二〇二三年一一月二五日　第一刷発行

著者　鳥居本幸代
発行者　小林公二
発行所　株式会社春秋社
東京都千代田区外神田二－一八－六　〒一〇一－〇〇二一
電話（〇三）三二五五－九六一一
振替〇〇一八〇－六－二四八六一
https://www.shunjusha.co.jp/
印刷所　萩原印刷株式会社
ブックデザイン　河村　誠
定価はカバー等に表示してあります。
2023©Toriimoto Yukiyo　ISBN978-4-393-48230-8

◆鳥居本幸代の本◆

お守りを読む
日本人は何を願ってきたのか

人はなぜお守りをもつのか。千年をこえる歴史の中で日本人の精神を涵養してきたお守り。伝承や古典、史料等からルーツと変遷を辿り、祈りと願いの文化を探る。

2200円

阿闍梨さまの料理番
もっと知りたい精進料理

精進料理ってどんなもの？ お寺の料理番もつとめる著者が基本や歴史を食材ごとに楽しく説く。日本人の体のみならず精神、文化を形作ってきた「食」の深みを味わう入門書。

1980円

京都人のたしなみ

生粋の京都人である著者が、ひそかな、知られざる京都の魅力を語る。3つのキーワード「味わう・装う・逍遙する」から、隠された〈京都〉を読み解く、異色の京都探訪。

1870円

京都人にも教えたい 京都百景

生粋の京都人が案内する極めつきの京都。文学、史実、伝承などをもとに名所旧跡や風俗、自然にまつわる歴史や文化を紹介し、約70の場所を巡る。毎月巡れるお勧めコース・地図付き。

1870円

和食に恋して 和食文化考

和食の起源から様々な和食の料理、「会席料理」と「懐石料理」の違い、「精進料理」のこと、和食のマナーなど、和食の全てが分かる本。これであなたも和食のオーソリティ。

2200円

※価格は税込(10%)